# EN AMOUREUX

Arnaud Guillon est l'auteur de plusieurs romans dont *Daisy, printemps 69*, *Près du corps* et *Écume Palace*, pour lequel il a reçu en 2000 le prix Roger Nimier. *Tableau de chasse* a obtenu en 2015 le prix Henri de Régnier de l'Académie française.

*Paru au Livre de Poche :*

TABLEAU DE CHASSE

ARNAUD GUILLON

# *En amoureux*

ROMAN

ÉDITIONS HÉLOÏSE D'ORMESSON

ISBN : 978-2-253-90662-9 – 1re publication LGF

*Pour Frédérique*

*C'est fait comment, un cœur de fille ?*

Louis ARAGON
*Les Voyageurs de l'impériale*

*Une ville d'un blanc aveuglant,*
*avec des cours bleutées,*
*des murs envahis de volubilis,*
*des terrasses ombragées*
*de vigne grimpante,*
*comme une petite casbah coralienne, impeccable.*

Truman CAPOTE
Villa Meltemi, Paros, Grèce, 18 juin 1958
(Lettre à Cecil Beaton)
*Un plaisir trop bref*

Les mains accrochées au guidon de sa bicyclette, Ninon a ralenti sur les pavés et s'est arrêtée devant le square Laurent-Prache. Son ombre allongée à ses pieds, elle a remis de l'ordre dans ses cheveux puis elle a attaché son vélo.

Tandis qu'elle rejoignait la terrasse du Bonaparte, Paul, le cœur battant, a récité mentalement le message qu'elle lui avait envoyé :

*« Après la nuit, pourquoi pas le jour ?*
*Je t'embrasse.*
*N. »*

Paul s'est levé pour accueillir Ninon. Un sourire éclairait leurs visages. Ils se sont embrassés dans des effluves d'*Heure bleue.*

Ninon avait pris des couleurs depuis la dernière fois et son hâle accentuait l'éclat de son regard et de ses dents. À son cou pendait un collier de billes polychromes, qui, comme sa robe pastel, renvoyait

Paul à tous les jours où il s'était demandé ce qu'elle devenait. Elle a croisé ses mains sur la table. Ses doigts, sans bague ni anneau, paraissaient encore plus longs.

— Je suis contente d'être ici avec toi ! dit-elle pour cacher son trouble et parce que c'était la vérité.

Ninon rentrait de Porquerolles, où ses parents avaient une villa. Elle avait laissé là-bas son fils à la garde de sa sœur en vacances avec ses filles. Ferdinand était heureux de jouer avec ses cousines qu'il ne voyait pas souvent. Fin juillet, Ninon irait le retrouver pour deux semaines.

— Tu connais Porquerolles ?

— Non.

— C'est un endroit merveilleux et un paradis pour les enfants.

Toujours Ninon était heureuse avec sa famille sur l'île où la vie s'écoulait dans le repos et la douceur.

Avant-hier, elle s'était levée tôt et avait emmené son fils se promener. Main dans la main, ils marchaient seuls sur les sentiers qu'embaumait la résine de pin et il n'y avait autour d'eux que la mer turquoise et la nature émeraude. Le ciel était bleu. Les oiseaux chantaient. Le soleil brillait. C'était le premier matin du monde et la journée serait superbe.

Après avoir contourné les vignes, ils atteignirent la plage d'Argent dont l'anse de sable blanc attirerait bientôt les touristes. Pendant que Ferdinand se trempait les pieds en essayant de repérer des dauphins, une fois encore Ninon pensa à Paul et à leurs

adieux dans la nuit tiède. Et les mêmes questions l'assaillirent ; ces questions qui exaspéraient son impatience de le revoir et dont elle était loin d'imaginer qu'il se les posait lui aussi à son sujet. Que faisait Paul à cette heure ? Était-il seul ? Avec une femme ? À Paris ? En vacances ? Elle avait oublié, comme une idiote, de lui demander où il passerait l'été ! Resterait-elle sans nouvelles de lui jusqu'à la rentrée ? Cette idée entamait soudain sa bonne humeur et pour dissiper son inquiétude elle serra dans ses bras le petit corps de son fils qui sentait bon le sommeil et l'enfance.

À leur retour, la maison était réveillée et le petit déjeuner servi dans le jardin. Sitôt son café avalé, et avant même de prendre sa douche, Ninon s'enferma dans sa chambre et alluma son ordinateur. L'envie d'écrire à Paul lui trottait dans la tête depuis une semaine, mais tout à l'heure, sur la plage d'Argent, sa dernière résistance avait cédé et elle ne pouvait plus reculer.

Elle voulait être concise et par chance les mots lui vinrent d'un coup.

*Votre message a été envoyé.*

Comment Paul le recevrait-il ? Les yeux fixés sur l'écran, Ninon n'aurait su le dire. Quelles qu'en fussent les conséquences, elle se félicitait de son audace.

« Les dés sont jetés », pensa-t-elle en espérant qu'ils lui seraient favorables. Cette réflexion l'apaisa

jusqu'à faire naître en elle un sentiment de jubilation.

— Ne sachant où tu te trouvais, dit-elle, je me demandais quand tu me lirais et si tu me répondrais !

Ninon souriait, inconsciente de la joie de Paul à l'instant où, consultant son iPhone dans le jardin des Tuileries, il avait découvert son mail. De peur que celui-ci ne s'efface, aussitôt rentré chez lui il l'avait imprimé et glissé dans la poche de sa veste. Perché sur le nuage où ils l'avaient hissé, plusieurs fois dans la journée il avait relu les mots de Ninon qui, tel un fil invisible, les reliaient l'un à l'autre.

— L'autre soir, dit-elle encore, tu n'as pas senti que j'avais du mal à te quitter ?

Cet aveu, qui abolissait les jours où Paul avait craint que Ninon l'ait oublié, et où son visage, comme s'il l'avait inventé, s'effaçait peu à peu de sa mémoire, le comblait de bonheur.

Le 21 juin, Adèle et Félix avaient réuni une vingtaine d'amis pour pendre la crémaillère dans leur nouvel appartement. Les travaux venaient de s'achever et ils n'emménageraient que dans quelques jours, mais c'était l'occasion, après les orages du printemps, de fêter l'arrivée de l'été.

— Tu n'as encore rien vu ! s'exclama Adèle quand Paul vanta la majesté du salon, sa hauteur de plafond, sa cheminée surmontée d'un miroir et son parquet blond.

Le guidant avec un air de fierté, elle l'entraîna à l'autre bout de la pièce.

— N'est-ce pas magnifique ? s'exclama-t-elle en désignant depuis la terrasse la tour Eiffel et les toits du quartier.

Devant la bibliothèque qui compterait bientôt des centaines de livres, une porte allongée sur des tréteaux et recouverte d'un tissu imprimé servait de buffet où étaient disposés, à côté d'assiettes et de couverts en plastique, une pile de gobelets en carton, du melon, du jambon de Parme, des crudités, des quiches, des fromages, une corbeille de pain et une carafe d'eau. Plus loin, des enceintes reliées à un ordinateur installé sur une caisse en bois diffusaient les chansons des Swingle Singers.

Paul connaissait la plupart des invités, dont les voix résonnaient comme dans une église.

— Une fête dans un appartement vide ! se réjouit Nora en esquissant un pas de danse. Quelle idée géniale !

Malgré les apparences, cette grande blonde à la démarche hésitante et aux gestes larges n'avait pas encore goûté la caïpirinha que Rosalie, la sœur de Félix, finissait de préparer dans la cuisine.

Jérôme, un ami médecin que Paul venait de saluer, promenait son regard sur les murs blancs et les ampoules nues.

— J'ignorais, lança-t-il, que j'étais convié à l'inauguration d'un asile psychiatrique !

— L'infirmière va te montrer ta chambre ! répliqua Félix sous les rires de l'assistance.

— Qui m'aime me suive ! enchaîna Adèle en se dirigeant vers le couloir avec le même air de fierté que tout à l'heure.

Alors que les fenêtres étaient restées ouvertes tout l'après-midi pour aérer, l'odeur de peinture, dans cette partie de l'appartement, était plus forte que dans le salon.

« C'est l'odeur des histoires qui commencent et des tentatives de bonheur », songea Paul tandis qu'Adèle et Félix évoquaient les murs abattus et les cloisons déplacées.

Tous les deux ils étaient des enfants du Ve arrondissement, et après avoir vécu neuf ans derrière la Maison de la Radio, ils se réjouissaient de retrouver la rive gauche.

De pièce en pièce, les invités suivaient le mouvement en file indienne. Lorsque après avoir jeté un coup d'œil dans la première chambre – où traînaient une caisse à outils, des brosses et une bâche transparente – il entra dans celle destinée à Irène et Suzanne, les jumelles que rien ni personne ne pourrait jamais séparer, Paul, en découvrant le rectangle de lumière qui se découpait sur un mur, se rappela *Soleil dans une pièce vide*, le tableau d'Edward Hopper admiré au Grand Palais, il y a quelques années.

Dans la salle de bains, une trousse de toilette

reposait sur un tabouret et deux serviettes séchaient sur le rebord de la baignoire.

— Chéri, demanda Adèle quand on sonna à la porte, tu vas ouvrir ?

Félix hocha la tête puis s'éclipsa avant que ses amis n'entrent dans son futur bureau, une pièce spacieuse où les étagères montaient jusqu'au plafond.

— Jolie vue, remarqua Natacha, la femme de Jérôme, en contemplant, trois étages plus bas, la cour pavée aux façades dégoulinantes de lierre sur laquelle ouvraient les deux fenêtres.

Depuis un demi-siècle, il y avait ici une salle à manger.

Les anciens propriétaires, paraît-il, avaient disparu l'année dernière, à quelques mois d'intervalle. Ils venaient de se marier lorsqu'ils avaient visité pour la première fois l'appartement. Comme Adèle et Félix bien après eux, ils s'étaient décidés, avec un sourire confiant en l'avenir, à faire de cet endroit le cœur de leur vie. Entre ces murs, ils s'étaient aimés. Disputés. Réconciliés. Ils avaient rêvé. Parlé. Dormi. Élevé des enfants. Organisé des fêtes à Noël et aux anniversaires. Connu le bonheur. Vécu des chagrins. Le travail. Les vacances. Le temps qui s'enfuit. Ils avaient quarante, puis soixante ans. C'était déjà la dernière ligne droite. Après la maladie et la mort dans une chambre d'hôpital, quelques coups de marteau avaient suffi pour renvoyer dans le néant les amoureux de jadis et effacer, comme s'il

n'avait été qu'une illusion, toute trace de leur passage sur la Terre.

Félix ne revenait pas, mais on entendait des rires à l'autre bout du couloir.

Un matelas jeté à même le parquet voisinait avec une valise, dans la chambre d'Adèle et Félix qui se croyaient revenus au début de leur mariage lorsqu'ils campaient dans un studio, rue des Fossés-Saint-Jacques. Ils avaient en effet décidé de passer ici leur première nuit après que leurs invités seraient partis.

— Ça va être chaud ! annonça Amélie.

— Bouillant ! ajouta Olivia.

— Une vraie nuit de noces ! prédit Géraldine.

Adèle levait les yeux au ciel en écoutant ses amies qui se tordaient de rire.

— Merci, les filles, de vos commentaires ! conclut-elle. Une fois encore, pour la finesse et l'élégance, vous ne craignez personne !

« J'ai bien fait de venir ! » se dit Paul en découvrant la liane brune dont les rires jaillissaient dans le salon depuis qu'elle était arrivée.

La main appuyée au chambranle d'une porte-fenêtre, à l'entrée de la terrasse, elle se tenait sur une jambe et rajustait la boucle de sa sandale.

« Elle ne porte pas de soutien-gorge », remarqua-t-il devant ses épaules nues et sa robe en lin beige, au décolleté profond, qui lui dessinait une silhouette insolente.

L'inconnue venait d'embrasser Adèle et saluait bruyamment les uns et les autres. Lorsqu'elle passa devant lui sans le voir, il respira dans son sillage le parfum de *L'Heure bleue*.

— Au Brésil et à son football ! s'exclama-t-elle en levant son gobelet de caïpirinha quand ils se retrouvèrent autour du plateau que leur tendait Rosalie.

Il en profita pour engager la conversation :

— Tu connais ?

— Le Brésil ?

— Le football !

La jeune femme éclata de rire.

— Pas du tout ! Comment s'intéresser à des hommes en short en train de courir derrière un ballon, sous les acclamations d'imbéciles qui rêvent d'être à leur place ?

— Et le Brésil ?

— Pas plus ! Mais si tu veux m'emmener à Rio de Janeiro, ne te gêne pas ! Je rêve de voir le Pain de Sucre !

Dérouté, il ne put soutenir le regard vert posé sur lui, où se mêlaient l'intelligence et l'espièglerie.

Puis à nouveau il dévisagea l'inconnue et entrechoqua son gobelet contre le sien.

— Paul.

— Ninon.

Jamais il n'avait connu une fille qui portait ce prénom, et cette particularité rendait à ses yeux la jeune femme encore plus séduisante.

Elle était âgée d'une quarantaine d'années, mais

il imaginait sans difficulté l'enfant mutine puis l'adolescente charmeuse qu'elle avait dû être. Tandis qu'elle avalait une gorgée de caïpirinha, il devina, sous une mèche de ses cheveux, une oreille au dessin parfait. Après quoi il contempla ses salières qui se creusaient à chacun de ses gestes, ses bras longs et fins, et encore ses épaules rondes et brillantes. Dans son cou orné d'une chaîne en argent, sa peau était comme de la soie qu'il rêvait de caresser. Quand il regarda ses mains, il découvrit à son doigt une alliance glissée à côté d'une aigue-marine qui la rendait presque invisible. La jeune femme était pourtant venue seule. Pour s'en assurer – et se rassurer –, il jeta un coup d'œil autour de lui.

— Comment devient-on archéologue ? demanda Paul quand Ninon lui parla de son métier.

— En grattant le sol à la recherche de je ne sais quel trésor ! répondit-elle en riant.

Autrefois, son père, ingénieur chez Total Côte d'Ivoire et passionné d'archéologie, emmenait Ninon sur des terrains de fouilles.

— C'étaient pour moi des aires de loisirs où je me livrais à mes propres explorations !

À quelque temps de là, un chantier avait débuté sur des coupes de tranchées routières et dans des carrières, à une trentaine de kilomètres au nord d'Abidjan. Chaque week-end, alors que sa mère et sa sœur restaient à la maison à faire de la couture, à lire ou à jouer aux cartes, Ninon sautait avec son père dans la vieille Renault toute cabossée pour se

rendre sur les lieux et suivre le travail de l'équipe d'archéologues avec lesquels ils avaient sympathisé. Fascinée par les vestiges de l'industrie paléolithique – sphéroïdes, pics, bifaces… – qu'elle voyait apparaître au fil de leurs découvertes, elle savait déjà que lorsqu'elle serait « grande » elle ferait elle aussi de l'archéologie. Elle avait sept ans.

Au hasard des déménagements familiaux, en Afrique, en Amérique et en Asie, ou des vacances dans le Midi, Ninon n'avait cessé d'accumuler des connaissances qui s'étaient révélées précieuses durant ses études de lettres. Devenue céramologue spécialisée dans l'époque gauloise, elle était entrée à l'INRAP – Institut national de recherches archéologiques préventives –, rue de Madrid, pour lequel elle se rendait en mission en France et à l'étranger.

— Comme beaucoup d'archéologues, avoua-t-elle, je suis très obsessionnelle et j'adore mon métier !

Son gobelet était déjà vide.

— Cette caïpirinha se boit comme du petit-lait ! confirma Paul avant d'attraper sur le plateau de Rosalie, qui repassait par là, deux autres gobelets.

— Il y a longtemps, demanda-t-elle en croquant une feuille de menthe, que tu connais Adèle et Félix ?

— Cinq ans. Nous nous sommes rencontrés à un anniversaire, rue du Mont-Thabor, un soir comme celui-ci.

— Tiens ! C'est dans cette rue qu'habite ma baby-sitter !

Ninon était donc mariée et avait au moins un enfant, que la baby-sitter gardait peut-être en ce moment même.

— Son couple bat de l'aile, chuchota Félix quand plus tard il discuta avec Paul devant le buffet.

C'était un secret et il ponctua sa phrase en posant son index sur ses lèvres.

— Parle-moi d'elle…

— Ninon Faber, tête bien faite, cultivée, sportive, indépendante, répondit Félix comme s'il lisait une fiche signalétique. Conquise par son fair-play, Adèle l'a invitée à déjeuner à la maison un jour où Ninon venait de l'humilier sur un court de tennis !

Ninon Faber chahutait à l'autre bout du salon avec cinq ou six amis, et Paul, rien que d'entendre parler d'elle, était euphorique.

— Elle est ravissante, n'est-ce pas ? Tout à fait ton genre… Ravissante, mais dangereuse…

Félix, qu'Adèle appelait pour ouvrir une bouteille de champagne, s'éloigna sans en dire davantage.

« Ravissante, mais dangereuse… » Qu'entendait-il par là ? Était-ce un avertissement ? Une plaisanterie ? Une observation ? Peu importait. Paul était amoureux, et ce sentiment, déjà, lui tournait la tête.

Transportée par la musique de Tame Impala, Ninon avait ôté ses sandales et dansait pieds nus sur le sol en teck. Les ondulations de son corps, qui se

détachait en ombre chinoise sur les scintillements de la tour Eiffel, donnaient à celle-ci l'apparence d'un serpent lumineux. Ses mains, comme deux oiseaux affolés, s'agitaient autour d'elle tandis que ses lèvres répétaient comme une promesse :

— *Let it happen... Let it happen...*

Quand dans un geste plein de grâce elle les soulevait pour dégager sa nuque, ses cheveux retombaient en cascade sur ses épaules. Le poing serré sur son front, elle fermait les yeux pour s'isoler en elle-même, puis, les rouvrant, elle contemplait l'horizon. Autour d'elle clignotaient les lampions que Félix avait allumés à la tombée de la nuit. Assis sur les chaises pliantes, des hommes accueillaient sur leurs genoux une femme ou une amie. Seul à l'écart, Paul, que la sensualité de Ninon captivait, ne prêtait pas attention aux autres danseurs.

Dans le salon, où les convives avaient pillé le buffet, traînaient sur une enceinte, à même le parquet ou sur une étagère, des assiettes vides et des cadavres de bouteilles. Il y a une heure, Paul avait croisé dans le miroir le regard de Ninon debout derrière lui. La flamme d'une bougie, sur le rebord de la cheminée, avait laissé voir le désir dans leurs yeux.

Après avoir rattrapé Amélie qui perdait l'équilibre, Ninon déploya ses bras comme si elle voulait s'envoler. Puis, repérant Paul au moment où l'on entendait *I'm Not in Love*, de 10 CC, elle replia ses ailes et s'avança vers lui avant d'enfouir son nez dans son cou.

— Tu danses bien ! nota Paul lorsqu'ils se retrouvèrent dans la rue. On dirait que tu as fait ça toute ta vie !

Ninon sourit dans le halo d'un réverbère.

— J'adore danser, dit-elle.

Jamais, en effet, elle n'avait autant la sensation d'habiter son corps que quand elle dansait – et faisait l'amour, n'osa-t-elle ajouter.

— À la maison, la musique était très présente et nous dansions souvent. La danse nous rendait gais quand nous étions tristes. Elle nous faisait voyager quand nous rêvions d'aventures. Elle nous divertissait quand nous nous ennuyions. Depuis, la danse ne m'a plus quittée.

Il y a cinq minutes, ils étaient encore dans les bras l'un de l'autre sur la terrasse d'Adèle et Félix.

— J'ai envie de marcher, avait glissé Ninon à l'oreille de Paul. On s'en va ?

— Bonne idée !

Elle avait attendu de monter dans l'ascenseur pour remettre ses sandales.

Rue de Bourgogne. Rue Las Cases. Rue Saint-Dominique… Partout c'était le même silence et une ville mystérieuse s'offrait à eux. Les mots qu'ils échangeaient, rythmés par le bruit de leurs pas, restaient à la surface des choses. Ils les laissaient s'envoler dans la nuit d'été comme si déjà ils savaient que d'autres mots suivraient, en d'autres temps, en d'autres lieux.

Une ambulance passait au loin, gyrophare allumé et sirène éteinte, qui rappela à Paul la scène finale de *La Femme d'à côté*, de François Truffaut. Devant un café désert, le sol mouillé, où se reflétaient ses lumières, laissait croire qu'une averse avait concentré ses gouttes sur quelques mètres de trottoir. Ninon avait pris ici un petit déjeuner, en sortant de l'aérogare des Invalides, un matin où elle arrivait de New York.

Ses chevilles, avec ses sandales, étaient encore plus fines, et Paul, qui aimait les grands pieds chez les femmes, se demanda quelle était sa pointure. Après quoi, jetant un coup d'œil sur ses hanches, il essaya d'imaginer ses fesses, son ventre, ses seins.

« À l'aise dans son corps, elle doit l'être aussi dans un lit… »

Ninon aimait quand d'un geste machinal – comme il venait de le faire à l'instant – il ramenait en arrière ses cheveux noirs panachés d'une mèche grise. Il avait parfois l'air grave, mais elle le trouvait irrésistible lorsqu'il souriait ou semblait découvrir le monde autour de lui. Et puis, il avait de larges épaules et un torse puissant. S'il était sportif, Paul, lui aussi, jouait sûrement au tennis, ou au basket-ball.

« J'adore ses oreilles. »

« Depuis quand n'ai-je pas rencontré un homme aussi séduisant ? »

« Sait-elle à quel point elle me plaît ? »

« Je parie qu'il fait divinement l'amour. »

« Si son couple bat de l'aile, peut-être ai-je mes chances. »

« J'aimerais tellement qu'il me déshabille. »

« Il faudrait que je l'invite à dîner pour en avoir le cœur net. »

« Je te rappelle que tu es mariée. »

« J'aimerais que cette promenade ne finisse jamais. »

Quand, boulevard Saint-Germain, Ninon lui prit le bras autant par tendresse que par fatigue, Paul, qui depuis le début de la soirée avait envie de l'embrasser, eut un coup au cœur. Quelque chose, cependant, le retint, et, comme s'il n'avait rien remarqué, il entraîna la jeune femme vers la rue du Bac.

— Veux-tu que je te dépose ?

Un taxi attendait devant eux.

— C'est inutile. J'habite à deux pas.

Ninon venait de glisser dans la poche de sa veste en daim la carte de Paul, après s'être débrouillée pour ne pas lui donner la sienne.

— Bonne nuit...

Dans un élan elle l'embrassa au coin des lèvres et s'engouffra dans la voiture qui démarra aussitôt.

Le soleil s'attardait en haut des immeubles, et Paul, en entendant tinter les cloches de l'église Saint-Germain-des-Prés, se croyait revenu à Turin, les soirs d'été.

— Hier, j'ai regardé ton documentaire sur la vie de Paul Gauguin.

Lorsque le nom du réalisateur était apparu sur l'écran de sa télévision, Ninon avait eu la sensation de se rapprocher de Paul. Le destin du peintre, où se mêlaient la création et la douleur, l'avait passionnée.

— Les dernières années aux Marquises, entre la maladie et l'alcool, puis la mort dans la solitude, sont si émouvantes…

Les commentaires de Ninon réveillaient dans la mémoire de Paul le souvenir de paysages enchanteurs.

— Maintenant, je comprends l'enthousiasme d'Adèle lorsqu'elle parle de ton travail !

— Adèle est d'une indulgence coupable à mon égard !

— Et tes Japonais, demanda Ninon en reprenant la conversation interrompue l'autre soir, comment vont-ils ?

Depuis des semaines Paul était occupé à monter son nouveau film consacré à la jeunesse nippone, dont il avait rencontré à Tokyo quelques figures marquantes.

— Ils me donnent du fil à retordre !

Ninon observait les promeneurs sur la place. Paul examinait son collier qui cliquetait contre la table.

— Il te plaît ?

— Beaucoup.

— Ma mère l'a acheté en Afrique. Je n'arrêtais pas de le lui emprunter, alors elle me l'a offert !

— Gentille maman !

— Ferdinand, lui aussi, adore ce collier.

Quel âge avait cet enfant qui une fois encore revenait dans la conversation ?

— Six ans et demi, précisa Ninon comme le faisait Ferdinand quand on lui posait la question. Ce n'est plus un bébé…

À ses derniers mots, Paul a deviné que la jeune femme regrettait le temps des nuits blanches, des biberons, des couches et des promenades avec la poussette. Elle avait tant aimé, en effet, aider son fils à s'endormir en lui racontant des histoires, laisser ouverte la porte de sa chambre pour ne pas qu'il ait peur, assister à ses premiers pas, lui montrer les fleurs, la neige, les oiseaux, et l'entendre l'appeler « maman » pour la première fois. Comme tout cela semblait loin à présent… Pourquoi n'avait-elle pas eu un autre enfant ? Elle savait pourtant que rien n'était plus bouleversant qu'un enfant. Elle savait aussi qu'avoir un seul enfant n'était pas suffisant. Alors, pourquoi ?

— Bientôt le baccalauréat et le permis de conduire ! plaisanta Paul.

— Bientôt, répéta Ninon avec un sourire résigné comme si c'était demain.

— Pourquoi Ferdinand ?

— Son père ne s'est jamais remis de la lecture de *Voyage au bout de la nuit* !

— On peut comprendre !

Qui était le mari de Ninon ? Qui était cet homme que Paul enviait d'avoir le premier aimé la femme qu'il aimait ? Comment était-il ? Que faisait-il ? À aucun moment elle n'avait parlé de lui, sinon de manière anecdotique.

Les lumières de la ville s'allumaient une à une. Le ciel était rose comme les pommettes de Ninon. Une magie, dans l'air, annonçait un été merveilleux. Paul voulait y croire parce qu'un bras venait de glisser derrière sa nuque et que des lèvres, en attendant de rejoindre les siennes, semaient des baisers dans son cou.

Paul caressait du bout des doigts le poignet de Ninon.

— Tu me chatouilles, dit-elle en souriant.

Il a répété son geste plusieurs fois de suite, puis il s'est penché pour l'embrasser sur la tempe et s'est laissé retomber en arrière.

Étendus côte à côte sur le drap humide, ils ressemblaient, épuisés et en sueur, à deux naufragés échoués sur une plage.

— Quelle chaleur… On se croirait sous les tropiques…

Depuis le moment où elle avait joui, Ninon, incapable de bouger, reposait sur le ventre, ses bras enroulés autour de sa tête.

— C'était divin, murmura-t-elle. J'ai adoré.

Elle a ouvert les yeux.

— Ce n'est pas comme ça que tu vas te débarrasser de moi !

— Je n'en demande pas tant !

Elle a souri à nouveau.

— J'aime ton corps. J'aime ta peau. J'aime ton odeur. J'aime ta brutalité. J'aime ta douceur.

Paul, que son plaisir avait transporté dans une autre dimension, écoutait Ninon en repensant à ses cris pendant l'amour. À ses fesses levées bien haut tandis qu'agenouillé derrière elle il la pénétrait avec vigueur. À ses hanches étroites qu'il serrait fort entre ses mains. Et à son dos bronzé où saillait joliment la colonne vertébrale.

Le chant d'un enfant, dans la cour, l'a tiré de sa rêverie.

— Apparemment, souffla Ninon, nous ne sommes pas les seuls dans cette ville à être heureux !

Enjoué comme une comptine, le chant s'amplifiait, et la jeune femme imaginait l'enfant au pied du marronnier à l'ombre duquel elle s'était arrêtée tout à l'heure pour admirer la façade de l'immeuble avant d'en franchir la porte.

— Je me suis réveillée en pensant à toi et toute la matinée tu m'as manqué, avait confié Ninon après que Paul eut refermé sa porte derrière elle.

Elle sortait de chez Adèle, qu'elle avait aidée à ouvrir ses derniers cartons. Celle-ci, depuis l'arrivée de ses meubles, avait bien travaillé et son appartement était maintenant ravissant. Leurs rangements terminés, les deux amies avaient bu un Coca-Cola au soleil.

— Je n'avais pas remarqué qu'on voyait si bien la tour Eiffel depuis la terrasse.

— C'est normal, tu lui as tourné le dos toute la soirée !

Ninon inspectait le salon de Paul, où les murs tendus de tissu, les tapis sur la moquette, les lampes d'architecte, le canapé en velours, la table encombrée de DVD et la peinture abstraite posée sur une commode, créaient une ambiance chaleureuse.

— Il paraît, dit-elle avec une étincelle dans le regard, que notre slow sur *I'm Not in Love* a fait sensation !

Vêtue d'un jean et d'une chemise blanche, Ninon, comme à la pendaison de crémaillère d'Adèle et Félix, ne portait pas de soutien-gorge. Tandis qu'elle examinait la bibliothèque, Paul admirait sa nuque et ses oreilles que mettait en valeur son chignon haut perché comme celui d'une danseuse.

— Adèle m'a demandé si je t'avais revu, dit-elle en parcourant *Tendre est la nuit* dont elle gardait un souvenir émerveillé.

— Et alors ?

Elle haussa les épaules sans répondre.

Ninon tenait dans sa main une branche d'arbre à pain trouvée devant la maison de Jacques Brel, à Hiva Oa. Puis elle remarqua sur une table de bridge un galet en forme de cœur qui servait de presse-papier. Paul se rappelait, le matin où il l'avait découvert sur la plage de Jullouville, ses cousins réunis autour d'un château fort, sa grand-mère qui partait se baigner, et son grand-père en train de lire *Ouest-France* à l'ombre d'un parasol.

— Ce galet, dit-il, est un talisman.

La paire de skis, appuyée contre le mur entre les deux fenêtres, évoquait des glaciers sous l'azur, des pistes immaculées et des restaurants d'altitude, il y a vingt ans, à Argentière.

Paul, quand elle ôta ses ballerines, fut ému de revoir les pieds de Ninon. Elle avait les yeux verts et son décolleté laissait apparaître son hâle. Quelle bonne idée il avait eue de ne pas aller s'enfermer en salle de montage ! Installés sur le canapé, ils se regardaient en silence, et, comme si après un long voyage ils étaient enfin arrivés à destination, ils envisageaient avec sérénité ce qui allait advenir.

Ninon, alors, se pencha et embrassa Paul. Lorsqu'elle lui fit retirer son tee-shirt pour caresser son torse et ses épaules, elle découvrit avec satisfaction qu'il était encore plus musclé qu'elle ne l'avait supposé.

— Je vois que tu es en forme ! dit-elle en appréciant sous ses doigts la bosse dans son pantalon.

Il lui rendit son sourire, puis très lentement il déboutonna sa chemise et mordilla ses seins. Haletante, elle le repoussa pour ouvrir son pantalon et le branler, puis, s'inclinant, elle engloutit son sexe jusqu'au fond de sa gorge.

Son chignon avait depuis longtemps disparu quand Ninon, elle aussi à moitié dénudée, prit la main de Paul et l'entraîna jusque dans sa chambre.

Ninon avait enfin trouvé la force de se retourner. Allongée sur le dos, encore étourdie par les deux heures qu'elle venait de vivre, elle regardait le plafond. À côté d'elle, Paul, appuyé sur un coude, ne se lassait pas de considérer ses cuisses fuselées qu'elle tenait légèrement écartées, le triangle de son sexe, son ventre plat, et les aréoles brunes de ses seins sur lesquels les maillots de bain avaient dessiné, comme sur ses fesses, une marque blanche. Devant tant de beauté et après tant de plaisir, il avait la certitude que rien n'était plus délicieux que l'amour l'après-midi. Et parce qu'elle donnait l'impression de faire l'école buissonnière quand tout le monde travaillait, la rumeur de la ville, qu'il entendait au loin, lui procurait une sensation de dépaysement.

— À quoi penses-tu ?

— C'est la première fois que je trompe mon mari.

— Ça t'ennuie ?

— Ça m'étonne.

Après son mariage et la naissance de Ferdinand, et alors que son bonheur paraissait inaltérable, comment Ninon aurait-elle pu imaginer se retrouver un jour au lit avec un autre homme ? Comment aurait-elle pu imaginer que ce fût possible ?

— Jamais je n'avais eu d'attirance pour quelqu'un, et c'est tombé sur toi.

Son mari ne la touchait plus depuis des mois et ce qui venait de se passer – dont elle n'éprouvait aucune culpabilité – était dans l'ordre des choses.

— Quand on va voir ailleurs, dit-elle, c'est qu'il y a un problème.

La vie était surprenante et ce constat amer après l'éblouissement d'une rencontre, il y a huit ans, dont elle se souvenait comme d'un film qu'elle connaîtrait par cœur.

Ils étaient nombreux, cet été-là, dans la maison que louaient en Provence Martin et Juliette. Levée la première, Ninon, après sa douche, était descendue se faire un café. Sa tasse à la main, elle avait franchi la porte de la cuisine et s'était assise sur les marches en pierre pour respirer les odeurs du matin dans le jardin qu'animeraient bientôt les cris des enfants et les rires des parents. Là-bas, à l'ombre des chênes verts, deux photophores posés sur la table, à côté d'un cendrier, rappelaient que les conversations, sous l'effet du vin rosé et de l'eau-de-vie, s'étaient prolongées jusque tard dans la nuit. Plus loin, le hamac, en torsade, dans lequel personne n'allait jamais s'allonger, ressemblait à un drapeau en berne. Comme hier et comme demain, le soleil annonçait un après-midi de natation, de jeux et de détente. Avant cela, il y aurait les courses à Maussane-les-Alpilles, le pastis à la terrasse du Café de la Fontaine, et, au retour, l'exquis déjeuner que préparerait Juliette, suivi de la sieste. Consciente de son bonheur, Ninon s'étira en écoutant le chant des cigales.

Il lui semblait bien avoir entendu derrière les arbres un bruit de moteur.

Ninon finissait de boire son café quand elle vit s'approcher sur le chemin qui menait à la villa un inconnu à l'allure de cow-boy. Lorsqu'il lâcha son sac pour lui serrer la main, elle distingua les reflets bleus dans ses cheveux noirs, son nez aquilin, et les pattes-d'oie au coin de ses yeux cernés.

— Thaddée.

— Ninon.

Alors qu'elle connaissait les amis de Martin et Juliette, jamais elle n'avait croisé ce garçon dont elle ignorait jusque-là l'existence – bientôt elle serait étonnée d'apprendre qu'il était lui aussi archéologue et travaillait comme elle à l'INRAP ; étonnée de ce hasard.

Lorsqu'elle revint de la cuisine avec deux cafés, il promenait son regard à travers le jardin comme s'il le redécouvrait après une longue absence. Pivotant sur lui-même, il considéra la façade aux volets clos qui donnaient à la bâtisse l'apparence d'un animal en hibernation, ou d'une pochette-surprise dont il ignorait qui, tout à l'heure, à l'exception de Martin et Juliette, il verrait en sortir.

— Tout le monde dort ? demanda Thaddée en consultant sa montre.

— Plus pour longtemps, répondit Ninon rompue aux habitudes de la maison.

Assis sur les marches en pierre, ils regardaient la

nature s'éveiller à mesure que le soleil montait dans le ciel.

— Martin et Juliette vont être heureux de ta visite, se risqua Ninon même si elle n'était sûre de rien.

— Je pars pour Barcelone, annonça Thaddée. Ils m'avaient dit de passer les voir si je venais dans la région. Me voilà !

Il y avait, en amont de la villa, une terrasse où, un soir, à la tombée de la nuit, Vincent s'était trouvé face à un renard installé sur les coussins.

— Tu arrives de Paris ?

— Oui.

Thaddée, en sortant d'un dîner, avait fait son sac et sauté dans sa voiture. Il avait roulé toute la nuit en s'arrêtant une première fois sur une aire d'autoroute, au sud de Lyon, pour prendre de l'essence et boire un café. Après avoir manqué s'endormir au volant malgré la radio allumée et la fenêtre ouverte, il s'était arrêté une seconde fois sur le parking d'un supermarché, à la sortie d'Avignon, pour faire quelques pas et se reposer un moment.

Tandis qu'il livrait ces détails sans importance, Ninon, séduite par ce garçon qu'elle espérait aussi original qu'il était attirant, devina qu'avec lui, les vacances allaient prendre pour elle une tournure différente.

Coiffée d'un chapeau de paille et sa serviette sur l'épaule, Ninon traversa la maison déserte où

résonnait dans la torpeur de l'après-midi le claquement de ses tongs sur le carrelage. Dès qu'elle fut dans le jardin, elle ressentit sur elle la chaleur du soleil auquel elle avait hâte de s'exposer. Elle aperçut, au sommet de la colline qu'elle escaladait pour rejoindre la piscine, le toit du chalet où Juliette avait installé Thaddée. Celui-ci n'était pas réapparu au déjeuner, et Ninon, qui percevait des voix au-dessus d'elle, pensa avec regret que sa fatigue le privait d'une belle journée.

— Cinq minutes de plus et je descendais te chercher !

Assis au bord du bassin, les pieds dans l'eau, Thaddée accueillit Ninon avec un sourire moqueur.

— Jamais je n'aurais suivi quelqu'un capable de porter un truc pareil ! répliqua-t-elle en désignant le maillot de bain violet du jeune homme.

— Il n'y avait plus ma taille dans les autres couleurs !

— Et dans les autres boutiques ?

Des rires fusèrent autour de la piscine.

Lorsqu'elle ôta sa tunique, Ninon remarqua le coup d'œil que Thaddée, maintenant allongé sur une chaise longue, lui lança avant de rouler sur le ventre pour admirer, en contrebas, dans des nuances infinies de vert, les oliviers, les vignes et les cyprès, que surplombait, à l'horizon, l'abbaye de Montmajour.

Assise en tailleur sur son matelas, les bras le long

du corps et les mains ouvertes, Annabelle semblait se livrer à une séance de méditation.

— Tu as bien dormi ? demanda-t-elle.

— Comme un loir ! répondit Ninon en s'enduisant le visage d'Ambre solaire.

— Tu as de la chance ! intervint Lucie. Il m'a fallu un quart d'heure pour tuer une araignée qui s'était glissée derrière une armoire ! Après quoi je n'ai pas fermé l'œil de peur qu'une de ses sœurs ne me pique dans mon sommeil !

— Quelle trouillarde ! lâcha Juliette que les frayeurs de son amie distrayaient.

À la surface de l'eau, où jouaient les rayons du soleil, flottaient des cerceaux en plastique à travers lesquels les enfants s'amusaient à plonger. Puis, leurs lunettes de natation sur les yeux, ils ramenaient une pièce de monnaie qui brillait au fond du bassin, ou, une planche dans les mains, ils improvisaient avec leurs jambes des mouvements de brasse.

Debout à l'ombre d'un laurier, Philippe, le mari d'Annabelle, hésitait à se baigner quand soudain il se précipita vers Lucie.

— Là ! s'écria-t-il. À côté de toi ! Une vipère !

Comme stimulée par une décharge électrique, la jeune femme se leva d'un bond en hurlant et courut à l'autre bout de la piscine, sous les railleries des garçons.

— Quelle idiote ! soupira-t-elle après coup en riant d'elle-même.

— Désolée ! s'excusa Annabelle. Je vis avec un

gamin, et personne n'a voulu me le garder pendant les vacances !

Philippe, pour se faire pardonner, embrassa Lucie sur la tempe.

— Imbécile ! dit-elle affectueusement en lui donnant un coup de poing dans l'épaule. Tu me le paieras !

— Des promesses ! Toujours des promesses !

Les enfants étaient sortis de l'eau et seul le sifflement d'un avion de chasse dans le ciel d'été troublait le silence autour du bassin. Allongée au soleil, ses cheveux mouillés dégouttant sur sa serviette, Ninon appréciait la brise qui, comme une main douce et légère, caressait sa peau.

Quand elle s'était levée pour aller nager, une fois encore elle avait surpris le regard de Thaddée posé sur elle. Soutenant ce regard qui l'avait suivie jusqu'à ce qu'elle fût revenue s'étendre sur son matelas, elle avait adressé au jeune homme son plus beau sourire en même temps qu'un signe de la main auquel il avait répondu. Sans qu'elle pût l'expliquer, quelque chose d'irrémédiable, alors, s'était joué entre eux, et sentant l'amour naître dans son cœur elle contemplait autour d'elle, avec une émotion nouvelle, la beauté du monde que parcouraient en dansant des papillons jaune et blanc.

Las de capturer des sauterelles, les enfants abandonnèrent leurs épuisettes et sautèrent dans la pis-

cine. Lorsque après quelques longueurs Thaddée se mêla à leurs jeux, Ninon, attentive à sa gentillesse et à sa patience, se dit qu'il ferait un bon père. Cette réflexion la ramena au moment où, voyant Annabelle embrasser Pierre et s'éloigner main dans la main avec leur fille, au début du séjour, elle avait pris conscience d'un manque dans son existence, que seuls un homme et un enfant pourraient combler.

— Puisque tu nages comme une sirène, faisons la course !

Martin donna le départ et Ninon et Thaddée, sous les encouragements de leurs amis, et comme si leur sort en dépendait, partirent à la conquête d'une victoire dont Ninon, aujourd'hui encore, soupçonnait Thaddée de la lui avoir offerte.

Après la partie de pétanque sur la piste aménagée au pied du chalet, tout le monde redescendit à la maison se doucher et se changer pour le dîner.

Assise sur son lit, face à la fenêtre, Ninon écoutait le silence dans la maison. Elle n'avait pas encore fermé ses volets et sur l'écran noir de la moustiquaire elle devinait les feuillages qu'éclairait la lune.

La silhouette blanche de Thaddée, ce matin, dans les rues d'Arles. Son sourire, sous les chênes verts, pendant le déjeuner. Son corps bronzé, au bord de la piscine. La tache violette de son maillot de bain lorsqu'il nageait sous l'eau. Leur promenade sur le chemin, en début de soirée. Les parfums de *L'Heure bleue* et de *Vétiver* dans la nature brûlée de soleil.

Ses coups d'œil sur le foulard dont elle avait ceint ses cheveux. Le regret sur son visage en faisant demi-tour. Son clin d'œil, sur la terrasse, au moment de trinquer. Et, plus tard, cette attirance irrésistible que trahissaient leurs regards...

Comme elle aurait serré dans sa main un trésor, Ninon revoyait les images de cette dernière journée qui avait passé trop vite. Thaddée, en effet, partait demain matin pour Barcelone – il l'avait annoncé après avoir reçu un appel téléphonique –, et quand elle se réveillerait, il serait déjà loin.

Cette idée, brusquement, lui fut insupportable.

Le faisceau lumineux de la lampe de poche, que traversaient des insectes, fouillait la nuit et révélait sur le sentier, comme autant de pièges, les cailloux, les trous, les racines et les bosses. Alors que son cœur impatient battait de plus en plus fort à mesure qu'elle escaladait la colline, Ninon marchait doucement pour ne pas glisser sur les aiguilles de pin.

— Quelle heureuse surprise ! fit semblant de s'étonner Thaddée quand elle s'installa à côté de lui au bord de la piscine où se reflétait la lune.

Il attendit un moment, avant d'ajouter :

— C'est bien que tu sois là. J'attendais ta venue. Ou plutôt, je l'espérais.

Les pans de sa chemise ouverte flottant sur ses hanches, il s'évanouit ensuite dans l'obscurité comme un fantôme.

À son retour, le bassin était éclairé, et Thaddée

rapportait une bouteille de chablis, deux verres et un tire-bouchon.

— Très pratique, ce minibar ! dit-il en parlant du frigo branché dans le local où était remisé le matériel pour l'entretien de la piscine.

Leur verre à la main, ils écoutaient au loin le bruit d'un torrent qui rappelait celui de l'océan, comme la silhouette des arbres, au-dessus d'eux, évoquait celle des pins maritimes. Entre les branches clignotaient, orange et bleues, les lumières de Fontvieille. Bercés par le fracas des vagues qu'ils croyaient entendre, Ninon et Thaddée imaginaient au loin une côte éclairée, les quais sombres d'un port, et les eaux luisantes d'une mer inconnue. Ils étaient seuls au monde et la nuit s'offrait à eux. Une nuit protectrice. Une nuit originelle. Les yeux levés, Ninon se demanda laquelle, parmi toutes celles qu'elle voyait briller dans le ciel, était la bonne étoile qui avait favorisé leur rencontre.

Abandonnant soudain toute pudeur, elle se déshabilla et plongea nue dans l'eau turquoise. Arrivée à l'autre bout du bassin, elle se retourna et distingua Thaddée à la lumière des projecteurs. Émerveillé – comme il l'avouerait plus tard –, il se tenait immobile, un sourire aux lèvres. Comprenant que son destin était sur le point de basculer, il ôta sa chemise, son jean et son caleçon, et plongea à son tour pour rejoindre Ninon qui aussitôt s'élança vers lui.

« C'était le plus doux et le plus long des baisers »,

songea-t-elle quand plus tard il l'enveloppa d'une serviette et la serra contre lui.

La naissance d'un bonheur foudroyant. La piscine éclairée dans la nuit provençale. Les arbres en ombres chinoises sur la voûte céleste. Et l'amour, pour la première fois, sous l'auvent du chalet… Toujours Ninon se rappellerait cette soirée comme l'une des plus belles de sa vie.

Était-ce la confiance qu'elle avait en son désir ? La peur de laisser passer sa chance quand elle croyait la reconnaître ? Ninon, avec les hommes – et, avant eux, avec les garçons –, avait toujours fait le premier pas. C'était vrai avec Paul. C'était vrai avec Thaddée. C'était vrai avec d'autres. Tandis qu'elle s'en faisait la réflexion, le visage d'un enfant – auquel ressemblait peut-être celui qui chantait dans la cour – a surgi du fond de sa mémoire, aussi net que si elle avait eu sous les yeux la photo où elle posait avec lui devant un éléphant. Oui, elle revoyait avec une précision étonnante les cheveux noirs de Benjamin Forestier, ses yeux gris en amande, et les fossettes qui creusaient ses joues quand il souriait. Trois années de suite ils avaient habité dans la même rue, à New Delhi, où la famille de Ninon s'était installée après Abidjan. Leurs pères travaillaient tous les deux chez Total. Leurs mères avaient lié connaissance parmi les expatriés. Les deux enfants avaient souvent l'occasion de se croiser.

Un après-midi où Benjamin venait de souffler

les bougies de son douzième anniversaire, Ninon avait profité de la distraction des adultes pour l'attirer sous l'escalier de la maison et l'embrasser « en vrai », comme elle avait vu les acteurs le faire dans les films. Contrairement à son premier baiser avec la langue, deux ans plus tard, qui lui avait donné la sensation d'avoir dans la bouche l'une de ces huîtres qu'elle détestait alors, le baiser échangé avec Benjamin lui laissait le souvenir d'un instant très pur.

Un an avant que les Faber ne partent pour l'Amérique, les Forestier avaient quitté l'Inde pour le Brésil et Ninon n'avait plus jamais entendu parler de Benjamin. Aussi elle aurait aimé retrouver sa trace et lui téléphoner :

— Allô ? C'est Ninon. Ninon Faber. New Delhi. Nos goûters d'enfants. Nos bêtises. Tes douze ans. Le baiser sous l'escalier. Tu te souviens ?

Bien sûr qu'il se serait souvenu, et elle aurait été émue d'entendre sa surprise comme de découvrir sa voix d'homme. Frappé en plein cœur par ce passé qu'un simple coup de fil aurait suffi à ressusciter, Benjamin aurait éclaté de rire et donné rendez-vous à Ninon. Sur quel continent ? Dans quel pays ? À son arrivée il l'aurait serrée très fort dans ses bras pour fêter ce retour au paradis de l'enfance. Elle aurait eu tant de questions à lui poser.

Mais, il y a sept ans, un soir où elle prenait un verre au Café Marly, Ninon avait revu par hasard Jacques Forestier, le père de Benjamin. Amaigri comme s'il était dévoré de l'intérieur – son cou

mal rasé flottait dans le col de sa chemise fermée jusqu'au dernier bouton –, il traversait la terrasse en traînant les pieds. Quand Ninon se présenta à lui, Jacques Forestier fit un effort pour sourire, puis il l'embrassa avec la même douceur qu'autrefois, à New Delhi. Ils ne s'étaient pas revus depuis dix-huit ans, et, debout l'un en face de l'autre, ils se regardaient comme s'ils n'en croyaient pas leurs yeux. À quelques pas de là, des touristes se photographiaient devant la Pyramide éclairée.

Jacques Forestier demanda à Ninon ce qu'elle faisait dans la vie et il prit des nouvelles de sa sœur et de ses parents.

— Et Benjamin, demanda-t-elle d'un ton léger, comment va-t-il ?

En voyant les yeux de Jacques Forestier se remplir de larmes aussitôt Ninon regretta sa question, et avant même de savoir elle eut la gorge nouée. Il y a un an, Benjamin s'était tué en voiture sur une route d'Argentine, et ses parents, plongés depuis lors dans un chagrin inextinguible, n'attendaient plus rien de la vie, qui d'ailleurs était derrière eux.

Alors que les cendres de Benjamin avaient été dispersées dans l'Atlantique, Ninon se trouvait à Paris, où elle venait de faire l'amour. Pourquoi lui était-il donné de vivre quand lui avait disparu ? Souvent elle s'était posé la question sans trouver la réponse parce qu'il n'y avait rien à comprendre. Il avait beau être devenu géologue, avoir construit lui-même sa maison à Bahía Laura, s'être marié et avoir

eu deux enfants, Benjamin, pour Ninon, aurait toujours douze ans. Et parce qu'elle se refusait à taper son nom sur Internet, comme la police qui avec un logiciel informatique vieillit les portraits d'enfants disparus, elle ne pouvait qu'imaginer son visage s'il avait eu lui aussi trente-neuf ans. Un visage peut-être méconnaissable, mais sûrement attentif lorsqu'elle lui aurait parlé de Thaddée.

L'été suivant leur rencontre, Ninon et Thaddée – avec Martin et Juliette pour témoins – se marièrent à Porquerolles. Une pluie de pétales de rose les accueillit à la sortie de l'église Sainte-Anne. Sur les photos, Ninon regardait briller l'anneau d'or que Thaddée venait de passer à son doigt.

Quelques semaines plus tard ils assistèrent, au Festival d'Avignon, à une représentation de *La Tragédie du roi Richard II*, de William Shakespeare, dans la cour d'honneur du palais des Papes. Revenus à Arles après le spectacle, ils prolongèrent la soirée en flânant dans les rues. Arrivés devant l'hôtel de ville ils se rafraîchirent à la fontaine, puis ils se dirigèrent vers la place du Forum. Demain ils iraient en pèlerinage à Fontvieille, où ils étaient attendus chez Martin et Juliette.

Thaddée avait réservé une chambre au Grand Hôtel Nord-Pinus. Le lit était large et son montant composé de fers forgés entrelacés. Des appliques et des photos encadrées ornaient les murs blancs. Sur un tapis aux couleurs vives, deux fauteuils en

velours bleu étaient disposés devant une petite table ronde. Comme il y a un an sous l'auvent du chalet, ils atteignirent, en faisant l'amour, un plaisir inouï. Alors que Ninon voulait prendre Thaddée dans sa bouche, celui-ci la pénétra une dernière fois en s'abandonnant dans un râle. Lorsque au matin le soleil les réveilla, ils ne se doutaient ni l'un ni l'autre que cette nuit avait bouleversé leur existence à jamais.

À quelque temps de là, en effet, Ninon, après l'avoir tant espérée, découvrit avec ravissement sa grossesse. Ce qui lui fit dire, quand elle repensa au Grand Hôtel Nord-Pinus :

— Mon fils est arlésien !

À l'étrange sensation de voir son ventre s'arrondir se mêla l'excitation d'aménager la chambre de son enfant, d'acheter ses premiers vêtements et de choisir son prénom. Des mois d'attente, que rythmèrent les journées de travail, les promenades dans Paris et les soirées à inventer l'avenir, dans ce nouveau rapport au monde qui était le sien.

Ferdinand était très gai, et lorsqu'elle le promenait dans les jardins, Ninon ne se lassait pas de l'entendre rire devant des fillettes en train de glisser sur un toboggan, un ballon qui venait vers lui, ou un écureuil suspendu à une branche. Parfois Thaddée les accompagnait, et Ninon, après coup, se réjouissait d'avoir su profiter de ces moments rares, comme ce dimanche d'avril, sur la plage du Cro-

toy, où leur fils découvrit la mer. Il y avait, alors, de l'amour dans chacun des regards que Thaddée posait sur Ninon, dans chacun des gestes qu'il avait pour elle, et rien, semblait-il, ne pourrait altérer cet amour. Jamais elle n'avait été plus heureuse, et son bonheur, irradiant autour d'elle, faisait de sa vie un enchantement qui la comblait jusqu'au vertige. La jeune femme, entre son fils et son mari, se sentait la reine du monde.

Mais, tel un tableau dont la peinture s'écaille, ce bonheur, sans qu'elle comprenne pourquoi, se lézarda. Impuissante à le retenir malgré son chagrin – ou à cause de son chagrin –, Ninon regarda Thaddée s'éloigner. Rentrant de plus en plus tard comme s'il s'ennuyait avec elle et que sa vie était ailleurs, celui-ci préféra bientôt déplier le canapé-lit du salon plutôt que d'aller s'allonger dans la chambre, où sa femme, une plaquette de Lysanxia et un verre vide sur sa table de chevet, avait enfin trouvé le sommeil. Ils faisaient lit à part depuis maintenant six mois.

— Je pensais qu'il avait rencontré quelqu'un et n'osait pas me le dire, confia Ninon. Mais je ne crois pas.

— Comment le vivais-tu ? demanda Paul qui lui caressait la hanche comme s'il voulait la réconforter.

— Au début très mal, dit-elle en songeant à toutes les heures où elle avait pleuré de voir Thaddée mener leur couple à sa perte.

Que se passait-il ? Comment, après avoir été si heureux, et alors qu'ils avaient tout pour l'être jusqu'à leur mort, en étaient-ils arrivés là ? Ninon s'était-elle trompée à ce point ? Son mariage se délitait, et consciente d'un danger imminent elle vivait un séisme ; le sol se dérobait sous ses pieds, et elle connaissait un autre vertige – effrayant, celui-là.

— J'étais la dernière à pouvoir retenir mon mari. Rien n'aurait donc été plus stérile que de lui courir après alors qu'il me fuyait.

Ninon, malgré tout, se fit une raison. Elle avait vécu avec Thaddée sept ans d'amour fou – tout le monde, loin de là, n'avait pas cette chance –, et même si c'était un déchirement, elle devait admettre qu'ils s'étaient perdus en route.

— Ne pas accepter la fin de cette histoire et me bercer d'illusions m'aurait rendue encore plus malheureuse pour rien. Lâcher prise devenait donc une condition de survie.

Paul ne savait s'il était davantage impressionné par la lucidité dont Ninon faisait preuve, ou par l'assurance avec laquelle elle exprimait cette lucidité.

— Le plus triste, a-t-elle ajouté en songeant à la décision qu'elle devrait prendre à la rentrée, c'est pour Ferdinand. Même si ce n'est pas de mon fait, je m'en veux de l'obliger à grandir avec des parents séparés, entre deux maisons, entre deux univers. Ne voir son père et sa mère qu'une semaine sur deux et être élevé par un étranger quand ils ont refait leur vie…

Dégoûtée à cette idée, Ninon a laissé sa phrase en suspens.

— Le quotidien, conclut-elle, il n'y a pas pire pour un couple. Même quand ce couple a tout pour durer, le quotidien le menace à chaque instant d'une destruction totale.

Brusquement, Paul avait devant les yeux l'image d'un bulldozer en train d'éventrer un immeuble.

— Je ne sais pas pourquoi je te raconte tout ça… Peut-être est-ce parce que je te connais à peine…

Et parce qu'en couchant avec Paul, Ninon s'était libérée d'un fardeau.

— Il faut avoir confiance en l'avenir, lui avait dit une amie pour l'aider à garder espoir.

Cette amie avait raison. Après l'avoir perdu, voilà que Ninon retrouvait le bonheur d'aimer un homme et d'être aimée de lui. À bientôt quarante ans, elle apprenait encore la vie et ses surprises, l'amour et ses détours.

Les yeux fermés et le souffle régulier, Paul et Ninon semblaient s'être assoupis.

— Et toi, demanda-t-elle comme si elle sortait d'un rêve, pourquoi n'as-tu pas d'enfant ?

Il a rouvert les yeux.

— Pour faire l'enfant, il faut trouver la mère.

— Est-ce si difficile ?

Paul aurait aimé avoir un enfant du vivant de ses parents, pour qu'ils se connaissent et que la chaîne des générations ne soit pas interrompue. Mais ses

parents vieillissaient, le temps était compté, et bientôt il serait trop tard.

— Il y a quelqu'un dans ta vie ?

— Non.

Le visage de Ninon exprimait le doute et la surprise.

— Personne ?

— Non.

Ce dialogue réveillait cependant le souvenir d'une chevelure blonde, d'un regard bleu et de lèvres pulpeuses.

— Comment s'appelait-elle ? demanda Ninon qui telle une sorcière lisait dans les pensées de Paul.

— Chiara.

Dire ce prénom lui avait demandé un effort et sa voix trahissait une tension.

— Elle était italienne, précisa-t-il en espérant ainsi clore le sujet.

Mais la réticence avec laquelle il répondait à ses questions ne faisait au contraire qu'exaspérer la curiosité de la jeune femme.

— Tu la vois toujours ?

— Non.

La trahison de Chiara l'avait foudroyé, et cet aveu, il y a deux ans, aurait pu lui arracher un cri de douleur.

— Plus du tout ?

— Non.

Des vêtements jonchaient le parquet comme si un ouragan avait traversé la chambre. Quelque

part dans le voisinage une fenêtre a claqué, puis le silence est retombé. Un silence que remplissaient les images de femmes et d'hommes que Paul et Ninon avaient caressés et embrassés. À qui ils avaient donné des rendez-vous, fait des surprises et confié des secrets. Avec qui ils avaient dormi et fait l'amour. Jusqu'au jour où ceux-ci, parce que Paul et Ninon n'avaient pas su les aimer ou pas su les retenir – ce qui revenait au même –, étaient sortis de leur vie. Au point que des années plus tard, ils ne savaient plus rien d'eux comme s'ils étaient morts ou n'avaient jamais existé.

— Je peux fumer ?

Paul a contemplé la nudité de Ninon tandis qu'elle faisait un aller et retour au salon pour prendre dans son sac son paquet de Pall Mall et son briquet.

— J'ignorais que tu fumais…

— Seulement quand je suis heureuse !

— Alors je ne veux plus jamais te voir sans une cigarette !

Elle observait, à l'entrée de la chambre, la poussière qui flottait dans un rai de lumière. Irrésistiblement ses pensées la ramenaient en Provence, dans le chant des cigales et le parfum des lavandes. La piscine en haut de la colline apparaissant devant ses yeux elle imaginait une île, en Méditerranée, où se reposer, nager, et faire l'amour.

— Et si nous partions en amoureux pour la Grèce ou l'Italie ?

Ninon avait dit cela comme elle aurait proposé une visite au Louvre et Paul a cru à une plaisanterie. Pourtant, elle se voyait déjà avec lui dans une crique devant une mer turquoise.

— Tu es sérieuse ?

— Je n'ai pas l'air ?

Il n'y avait en effet aucune ironie dans ses yeux. Seulement un sourire comme une invitation.

— Ça te serait possible ?

— Si je te le propose.

Thaddée, à son retour du Cambodge, où il se trouvait en mission, resterait à Paris au mois d'août pour rédiger son rapport d'opération, tandis que Ferdinand prolongerait ses vacances chez ses grands-parents, à Porquerolles. Aussi Ninon pourrait-elle sans difficulté partir avec Paul.

— Au point où nous en sommes, mon mari et moi, je n'ai plus de comptes à lui rendre, dit-elle en redoutant l'indifférence qui s'installerait à nouveau entre eux dès qu'il aurait franchi la porte de leur appartement.

Débordé de travail, Paul n'avait pas quitté Paris depuis Noël. À la perspective de s'envoler avec Ninon vers la destination de leurs rêves, il éprouvait tout à coup à l'égard de la vie une immense gratitude.

— Des amis ont une maison à Paros, dit-il. Peut-

être pourraient-ils nous trouver une chambre d'hôtel malgré la saison touristique.

Depuis toujours Paul détestait habiter chez les autres, et malgré la vieille amitié qui le liait à Alice et Bruno, il se refusait à séjourner chez eux – surtout avec Ninon.

— Ce serait formidable ! répondit-elle en écrasant sa cigarette. D'autant plus que je ne connais pas les Cyclades ! Encore faut-il qu'il y ait de la place dans les avions !

— Je vais me renseigner.

Comment croire qu'il leur suffirait de trois heures trente pour rejoindre Athènes ? Il y a vingt-cinq ans, lorsque Paul était allé en Grèce pour la première fois, le voyage dans des wagons bondés, où il dormait par terre ou sur les porte-bagages, était interminable. Il se rappelait les plages grouillantes de monde aperçues depuis la vitre du train qui longeait la côte italienne sur des kilomètres en direction de Brindisi, où il embarquerait pour Patras. Dans le sac à dos posé à ses pieds, il gardait en sécurité sa carte InterRail, son passeport, et les traveller chèques qu'il écoulerait pendant ses vacances.

Paul avait vingt ans. Dans soixante ans, il en aurait quatre-vingts, et la distance qui le séparait de cet anniversaire – comparable, dans son esprit, à la distance qui séparait la Terre et la Lune – lui semblait une éternité. Allongé sur le sable, dans des effluves d'huile de coco, il contemplait la mer étale. Un Chris-Craft avançait sur son erre, à bord duquel

bavardait un couple dont il entendait les voix comme s'il se trouvait à côté de lui. Il se promettait, avant le déjeuner, d'inspecter l'à-pic rocheux qui là-bas fermait le rivage.

Les années, depuis cet été-là, lui avaient filé entre les doigts et le crédit illimité dont il croyait alors disposer avait fondu comme neige au soleil. Il avait réalisé des films, obtenu des succès, rencontré des gens, visité des pays, aimé des femmes. Cependant Paul savait combien la vie est frustrante, et il regrettait de n'avoir pas toujours su tirer de la sienne le meilleur pour lui donner une forme satisfaisante.

— C'est vrai que tu rêves d'aller à Rio ?

Ninon s'est souvenue de leur premier échange chez Adèle et Félix.

— Non.

De même qu'elle n'avait rien contre le football dont il lui arrivait, comme à tout le monde, de regarder des matchs à la télévision. C'était juste de sa part une provocation.

— Je voulais voir ce que tu avais sous le capot !

— Et alors ? Qu'y a-t-il sous mon capot ?

Ninon caressait le sexe de Paul qui se dressait dans sa main.

— Beaucoup de ressort !

Ils ont tous les deux éclaté de rire.

— J'adore tes notions de mécanique !

— C'est une blessure de guerre ? demanda Paul

en désignant plus tard la cicatrice sur le coude de Ninon qu'il serrait entre son pouce et son index.

— Tu ne crois pas si bien dire ! Un jour où nous nous disputions, ma sœur et moi, cette petite peste, pour avoir le dessus, n'a pas hésité à appliquer sur mon bras un fer à repasser brûlant !

— La fin justifie les moyens !

— Je nous revois toutes les deux en train de pleurer ! Moi, à cause de ma douleur, et Chloé, à cause de sa fessée !

Paul songeait à la petite fille délurée qu'avait dû être Ninon. À son teint de miel qui rendait encore plus verts ses yeux verts. À tous les paysages qu'elle avait vus et à toutes les aventures qu'elle avait vécues, entre l'Afrique, l'Asie et l'Amérique, pendant qu'en Europe il vivait sa vie monotone de petit garçon. Même si, l'été, quand Paul allait à Nice et Ninon à Porquerolles, ils avaient parfois été proches dans l'espace – bien que toujours séparés par la mer –, les chances pour que les deux enfants d'alors, tellement loin l'un de l'autre, se rencontrent un jour, étaient infimes. Le monde est si grand…

Paul a lâché le coude de Ninon pour caresser son ventre et ses seins. Elle devait dîner avec une amie et héberger celle-ci pour la nuit. Quand il a glissé un doigt dans son sexe, elle a fermé les yeux et laissé échapper un soupir.

— Quelle horreur ! déplora-t-elle. Il faut que je m'en aille alors que j'ai encore envie de faire l'amour !

Sur les plages, c'était l'heure où l'on repliait les parasols et où l'on rhabillait les enfants avant de rentrer chez soi, les bras chargés de sacs, de bouées, de pelles et de seaux.

— J'aurais adoré passer la nuit avec toi. On est si bien dans ton lit…

— Quand rentre ton mari ?

— Demain. C'était ce soir ou jamais. Zut !

Ils auraient pu, en effet, refaire l'amour et aller dîner à une terrasse. À leur retour, Paul, sitôt la porte refermée, aurait ôté à Ninon son jean et sa chemise pour la prendre sur la table de bridge, ses jambes sur ses épaules. Quel plaisir cela aurait été, après l'avoir serrée toute la nuit dans ses bras, de se réveiller à ses côtés en devinant derrière les rideaux le ciel bleu de juillet.

— Je peux prendre une douche ?

— Première porte à gauche.

Ninon a rassemblé ses vêtements et elle a disparu dans la salle de bains.

Paul, en entendant le bruit du jet d'eau, s'est rappelé la dernière femme qu'il avait ramenée ici après un dîner trop arrosé chez des amis. Les oreilles mal dessinées et les hanches trop larges elle n'avait rien pour lui plaire, mais l'alcool lui avait donné l'envie de coucher avec elle. Le lendemain, la tête dans un étau, il avait fait semblant de dormir jusqu'à ce qu'elle disparaisse. Quel était son prénom, déjà ?

Puis, songeant qu'il n'en franchirait jamais la

porte, il s'est demandé comment était l'appartement de Ninon, dont il ignorait toujours l'adresse. Il l'imaginait dans un immeuble moderne, à deux pas d'un jardin où elle se promenait avec son fils. De quelle couleur étaient les murs de sa chambre ? De quel côté du lit dormait-elle avant que son mari ne parte s'installer dans le salon ? Avaient-ils toujours habité là, ou la naissance de leur enfant les avait-elle obligés à déménager dans un endroit plus grand ? La chambre de celui-ci était-elle voisine de la leur, ou située plus loin dans l'appartement ? Pendant que le père et le fils jouaient ensemble, la jeune femme, dans la cuisine, préparait le dîner dont la télévision, quand Ferdinand serait couché, romprait le silence. De l'autre côté de la rue, par les fenêtres éclairées, elle apercevait, dans une cuisine, une salle à manger ou un salon, des gens dont elle ne saurait jamais rien.

Si elle avait entendu les cris des mouettes, au-dessus de la fenêtre, Ninon aurait pensé à Essaouira, avec Thaddée, pour le premier anniversaire de leur mariage. Alors que les cris s'éloignaient, Paul s'est rappelé les goélands qui autrefois, à Jullouville, survolaient la plage et se posaient dans le jardin sous le regard indifférent d'Olive et Popeye, les chats de la maison. Il a fermé les yeux et il était sur le port de Granville, d'où sortaient des voiliers en route pour Chausey. Quand il les a rouverts, il se trouvait avec Chiara sur les quais, au printemps, et des mouettes

tournoyaient au-dessus de la Seine dans le soleil déclinant.

Le jet d'eau de la douche s'est arrêté. Ninon allait sortir de la salle de bains. Quand elle quitterait l'immeuble, comme en apesanteur elle se promènerait un moment dans le quartier, puis elle marcherait jusqu'à son vélo qu'elle avait attaché à un réverbère. Avant de se hisser sur la selle, elle sortirait de son sac son téléphone portable et rédigerait à l'intention de Paul ce message :

*« Tu es maintenant dans ma vie.*
*Pour longtemps, j'espère.*
*Tendrement.*
*Ninon. »*

— Quelle surprise ! s'exclama Bruno. Ravi de t'entendre ! Je pensais à toi l'autre jour ! Je me disais qu'il fallait que je t'appelle et je ne l'ai pas fait !

— Tu vas pouvoir te racheter ! plaisanta Paul. D'abord, donne-moi de tes nouvelles !

Après une année harassante Bruno était venu à Paros pour se reposer, mais depuis son arrivée il réparait l'appentis, au fond du jardin, dont le toit, cet hiver, s'était effondré sous le poids de la neige.

— Bientôt tu devras installer un tire-fesses !

Ensuite, il y aurait un mur à consolider, une serrure à changer, une fenêtre à raboter, des volets à repeindre…

— Le charme des résidences secondaires, c'est de faire oublier qu'on est en vacances !

Autrefois, lorsqu'ils construisaient des cabanes dans les arbres, Paul, qui savait à peine planter un clou, enviait la dextérité de Bruno.

Celui-ci avait travaillé dans l'appentis toute la matinée, et, torse nu sur la terrasse, il buvait un

verre d'eau quand son téléphone portable avait sonné dans la poche de son short.

— Tu tombes à pic ! dit-il.

Comme toujours, les deux amis, après des mois de silence, avaient l'impression de s'être quittés hier.

— Tu m'appelles de Paris ?

— Oui.

— Pour m'annoncer ta visite, je suppose !

— Bien vu !

Bruno a éclaté de rire.

— Comment te croire ? Tu devais déjà venir l'année dernière. Et aussi l'année d'avant. Et encore celle d'avant… Il y a cinq ans que ça dure, et nous t'attendons encore !

Il avait dit cela de cette voix persuasive qu'a un adulte pour raisonner un enfant. Combien de fois, en effet, lui et Alice avaient-ils invité Paul à Paros ? Même si jusque-là leurs invitations étaient restées sans suite, ils avaient l'indulgence de ne pas se vexer.

— C'est sérieux ? demanda pourtant Bruno comme s'il avait un doute. On te prépare une chambre ?

— Je ne serai pas seul.

Paul n'avait rien trouvé d'autre pour décliner la proposition de son ami.

— Tu as une réservation quelque part ?

— Non.

— Quand veux-tu venir ?

Ninon ne rentrerait pas de Porquerolles avant le 12 août.

— Si je comprends bien, résuma Bruno, il va falloir te chercher un hôtel au moment où il y a le plus de monde sur l'île !

— Tu comprends vite !

— Et, bien sûr, tu n'as pas de billets pour le bateau entre Le Pirée et Paros ! Car, pour l'avion, il ne faut pas y compter !

— En effet !

— Quel culot !

Bruno a avalé une gorgée d'eau et Paul l'a entendu déglutir dans le creux de son oreille.

— Tu peux m'aider ?

— Les touristes prennent d'assaut toutes les chambres. Si seulement tu m'avais appelé la semaine dernière…

Bruno a marqué un temps.

— Écoute, reprit-il, je vais me renseigner auprès des gens que je connais dans les hôtels et sur le port, et je te rappellerai dès que j'en saurai plus. De ton côté, occupe-toi vite des billets d'avion pour Athènes.

— Je te remercie.

Bruno, en voulant s'asseoir dos au soleil, a raclé les pieds de sa chaise en aluminium sur le sol en ciment.

— Et Alice, demanda Paul, comment va-t-elle ?

— Elle n'est jamais plus heureuse qu'ici. Elle va au marché. Elle fait de la cuisine. Elle veille sur ses

fleurs. Et le reste du temps, elle lit des romans d'espionnage ou écrit des cartes postales. Imagine son bonheur si tu débarquais à Paros !

Bruno a bu une autre gorgée d'eau.

— Je ne peux pas te la passer, dit-il. Elle est à la plage avec les enfants.

— Quel âge ont-ils maintenant ?

— Six et cinq ans. Il y a longtemps que tu ne les as pas vus. Ils ont grandi. Arthur se prend pour un gangster et Flore ressemble de plus en plus à sa mère !

— Ça promet !

Tandis que son ami continuait à parler des enfants, Paul a songé que ces derniers auraient bientôt l'âge de leur père et le sien lorsqu'ils s'étaient rencontrés.

Bruno, après ses efforts de la matinée, appréciait ce moment de détente sous le ciel bleu.

— Il y a juste assez d'air, dit-il, pour que les journées soient agréables et les soirées délicieuses.

Les ondulations de la mer transparente. Les îles dans la brume de chaleur. Les collines comme des volutes. Et les villages inondés de lumière... Pourquoi Paul n'avait-il pas le premier eu l'idée de redécouvrir avec Ninon ces paysages merveilleux ? Debout à la fenêtre de sa chambre, il regardait dans la cour. Depuis trois jours il pleuvait à Paris et des bourrasques agitaient les branches du marronnier. Devant ce spectacle automnal, et à la perspective

d'aller s'enfermer une fois de plus en salle de montage, il espérait davantage encore que Bruno lui trouverait une chambre.

— Mes parents arrivent la semaine prochaine. C'est dommage qu'on ne puisse pas tous se retrouver à Paros !

Maintenant que Philippe et Charlotte vivaient dans le Midi, Paul, qui pourtant les aimait beaucoup, n'avait plus de contacts avec eux excepté les cartes de vœux qu'ils échangeaient chaque année.

— Oui, dit-il. J'aurais été heureux de les voir. Embrasse-les pour moi.

Bruno avait fini son verre d'eau. La nuque et les aisselles mouillées de sueur, à nouveau il a déplacé sa chaise pour se réfugier à l'ombre. Avec sa peau cuivrée, ses cheveux bouclés et ses yeux bleus, ce n'était pas étonnant que les Grecs le prennent pour un des leurs.

— J'espère que ton documentaire avance, dit-il. Nous avons hâte de le voir.

Alice et Bruno, sur qui le Japon exerçait une véritable fascination, s'étaient montrés très intéressés lorsque Paul leur avait raconté son tournage à Tokyo.

— Vous serez mes premiers spectateurs ! assura-t-il en se promettant de leur envoyer une copie du film dès qu'il serait prêt.

Sa chemise à la main, Bruno s'apprêtait à rejoindre Alice et les enfants.

— Je te tiens au courant pour l'hôtel et le bateau, a-t-il répété. Et toi, n'oublie pas l'avion ! Ce serait tellement bien si tu venais ! Ça nous ferait tellement plaisir !

— Tu comptes mes côtes ?

Ils longeaient le square Gabriel-Pierné, et Paul, qui admirait au passage le corps gracieux de *Carolina* sur son piédestal, promenait ses doigts sous le bras de Ninon.

— J'adore, dit-il, sentir partout tes petits os !

— Tu es fou ! s'exclama-t-elle en riant.

De l'autre côté de la rue de Seine, les volets clos, aux façades des immeubles, laissaient croire à des départs sans retour. Deux cyclistes ont tourné rue Mazarine, dont les voix se sont éteintes en même temps qu'ils ont disparu derrière la haie.

— À quoi penses-tu ?

Indifférente à ce qu'il adviendrait si on les surprenait ensemble, Ninon enlaçait Paul, quai de Conti.

— À l'instant où je t'ai vu entrer dans le salon chez Adèle et Félix. À l'attirance immédiate que j'ai eue pour toi. À l'amour, tout à l'heure...

Accoudés à la rambarde, sur le pont des Arts, ils considéraient les visiteurs devant le square du

Vert-Galant, un Zodiac lancé à pleine vitesse, et les feux des voitures sur la voie Georges-Pompidou. Ninon a fait quelques pas en direction du Louvre. Sa démarche ensorcelait Paul comme si rien d'autre n'existait que cette femme et le désir qu'elle lui inspirait. Plus loin, une silhouette blanche traversait la passerelle en soulevant les pans de sa robe de mariée. Une jeune fille la suivait, un bouquet rond à la main. Un photographe, son appareil autour du cou, allumait un projecteur. Seul à l'écart, le marié, en jaquette et haut-de-forme, admirait la vue sur le musée d'Orsay. Au moment où le photographe se mettait au travail un coin de ciel bleu est apparu, comme un heureux présage pour l'avenir des futurs époux, et le soleil a illuminé Paris.

« Que la vie leur soit douce », espéra Ninon.

Tandis qu'elle entrait avec Paul dans la Cour carrée du Louvre, son téléphone a sonné.

— On m'appelle de Porquerolles, dit-elle en découvrant sur l'écran le visage de sa sœur. Excuse-moi, il faut que je réponde.

Tous les jours, après que Chloé était revenue de la plage avec les enfants, Ninon parlait à Ferdinand.

Paul a accéléré le pas pour la laisser seule.

Quand deux ou trois fois il s'est retourné, elle marchait tout doucement, le portable collé à l'oreille, et un sourire éclairait son visage. Quels secrets échangeaient la mère et l'enfant ?

Ninon a rejoint Paul devant la fontaine où il s'était assis pour l'attendre.

— Je me promène avec une amie, mentit-elle avant d'embrasser son fils et de raccrocher.

Elle a glissé son téléphone dans son sac et elle a balayé du regard la cour où résonnaient des notes de violon. Le soleil avait déjà disparu.

— J'aurais dû prendre mon imperméable, dit-elle en observant les nuages.

Ninon devait être élégante avec un trench-coat et à l'idée de la découvrir dans ses vêtements d'hiver, sous la neige, dans le froid, ou au coin d'un feu, Paul avait soudain hâte de changer de saison.

— Ferdinand voulait parler à Thaddée, dit-elle en redoutant encore plus la réaction de son fils lorsque à la rentrée elle lui annoncerait qu'elle se séparait de son père.

Pour la première fois, il y avait de la tristesse dans ses yeux.

Après un détour par la rue de Rivoli, Paul et Ninon ont franchi les grilles du jardin des Tuileries où la grande roue et les manèges créaient une ambiance de fête foraine. Sitôt passé le portillon, la jeune femme a dévalé les marches comme elle le faisait jadis avec sa sœur pour arriver en bas la première. Ninon et Chloé, en effet, avaient vécu ici des moments inoubliables avec Sidonie, leur grand-mère.

— Toujours coquette, elle avait une classe folle et les gens se retournaient sur elle. Nous étions tellement fières !

Sidonie, dans sa jeunesse, avait été mannequin chez Lanvin. Alors que tous les hommes la courtisaient, elle était restée fidèle à Horace, un pilote automobile avec qui elle avait eu une fille – la mère de Ninon. Plus tard, devenue photographe, elle fixait sur la pellicule, souvent avec humour, le monde qui l'entourait. Elle aimait aussi faire poser ses proches, comme ce jour de Pâques 1992 où elle avait immortalisé, alignés en ordre croissant « comme les Dalton », Chloé, Ninon, leur mère et leur père, devant le lac Inférieur que sillonnaient des barques sous le soleil d'avril.

Dans son appartement plein de recoins, rue de Castiglione, ou dans le jardin des Tuileries, la grand-mère, qui ne savait qu'inventer pour distraire ses petites-filles, organisait des parties de cache-cache, exécutait des tours de magie, ou racontait les histoires du Petit Loup.

— Avec elle, se souvenait Ninon, nous goûtions le bonheur simple et immédiat de l'enfance.

Comme si le passé et le présent se rejoignaient, deux fillettes aux cheveux bruns, qui donnaient la main à une vieille dame, sont apparues derrière des buissons. Habillées d'une robe orange, de collants jaunes et de chaussures vertes, elles ressemblaient à Ninon et Chloé au temps où leur mère, à Abidjan, leur confectionnait avec sa machine à coudre des vêtements étranges et colorés.

Au retour de la promenade, Sidonie, encore plus gourmande que Ninon et Chloé, les emmenait chez

Angelina boire un chocolat chaud et manger un millefeuille à la vanille Bourbon, dont elle raffolait.

Aujourd'hui, Ninon regrettait que l'éloignement l'ait trop souvent privée de cette grand-mère qu'elle adorait.

— Elle est morte l'année de mes dix-huit ans. Quand par hasard je respire *Mitsouko* sur une autre femme, je pense à elle. À sa délicatesse. À son sourire. À sa bienveillance. J'aurais tellement aimé qu'elle connaisse Ferdinand...

À mesure que Paul et Ninon s'enfonçaient dans le jardin, le bruit, derrière eux, s'estompait, et les pelouses fraîchement tondues donnaient envie de s'allonger, comme les allées, sous les arbres, donnaient envie de se perdre.

Deux chaises étaient libres devant le bassin. À quelques mètres de là, un couple s'amusait à observer la voiture qu'un enfant muni d'une télécommande faisait zigzaguer entre les pigeons et les canards.

— J'ai eu des nouvelles de Paros, annonça Paul.

— Alors ? demanda Ninon avec impatience.

Après plusieurs jours de recherches, Bruno, en plus des billets de bateau, avait trouvé dans un hôtel une chambre que des Finlandais, retenus à Helsinki, avaient annulée.

— Qu'attendais-tu pour me le dire, idiot !

— Je suis content que tu n'aies pas changé d'avis !

La gaieté, sur le visage de la jeune femme, laissait place à l'incompréhension.

— Changé d'avis ? Alors que je n'attends que de partir avec toi ?

Ces trois derniers mots, parce qu'il pouvait leur donner un double sens, faisaient naître dans le cœur de Paul un espoir immense.

— Parfait, dit-il. Je vais appeler mon ami, et demain, l'avion, le bateau, l'hôtel, tout sera réglé.

— Youpi !

Sa passion pour l'archéologie reprenant le dessus, Ninon imaginait déjà des sites à visiter à Paros.

— Je sais, dit-elle, que dans certaines carrières des blocs de marbre ont été détachés, sculptés, et abandonnés sur place. Je t'y emmènerai !

Elle a plongé la main dans son sac pour prendre son paquet de Pall Mall.

— Tiens, dit-elle en montrant un flacon à bulles de savon, regarde ce que je retrouve !

Elle a allumé une cigarette et après avoir demandé à Paul de se rapprocher elle a fait un autoportrait. Ne voulant pas conserver l'image dans son téléphone pour éviter de s'attirer des ennuis, elle la lui a envoyée avant de l'effacer.

— Notre première photo ensemble ! se réjouit-elle. Prends-en soin !

— Comme d'un trésor ! assura-t-il en découvrant en même temps la photo et le numéro de Ninon.

Las d'être dérangés les pigeons et les canards s'étaient égaillés dans la nature et l'enfant avait dis-

paru avec sa voiture. Les chaises, autour du bassin, se libéraient les unes après les autres. Bientôt Paul et Ninon resteraient seuls à admirer la vue sur le dôme des Invalides.

Ils marchaient en direction de la Concorde. Le soleil brillait à nouveau et l'ombre des orangers dessinait sur la terre battue un pointillé géant. Au-delà des grilles, l'Obélisque, l'Arc de triomphe et les tours de la Défense s'alignaient dans une perspective grandiose.

Paul s'est arrêté brusquement.

— C'est ici que j'ai lu ton mail envoyé de Porquerolles !

— Si j'avais su !

Ils ont fait demi-tour et se sont rapprochés du quai des Tuileries. Alors que Ninon poursuivait son chemin, Paul a examiné une sculpture dressée sur une pelouse. Recouverte d'un miroir, l'installation renvoyait au promeneur son image déformée en même temps qu'elle laissait échapper un rire métallique. Qui donc avait conçu une chose pareille ?

Ninon était adossée à un arbre. Tandis qu'il marchait vers elle, Paul, une fois encore, a été frappé par sa silhouette. Depuis Chiara, c'était la première fois qu'une femme lui plaisait autant. Quand elle l'a regardé, il a eu la certitude qu'elle était la femme de sa vie.

— Qu'y a-t-il ? Tu as l'air étrange…

Il a appuyé ses mains sur le tronc derrière elle.

— Plus jamais je ne pourrai me passer de toi. Plus jamais.

Le visage grave, tout à coup, elle a hoché la tête comme si elle prenait la mesure de ce qu'elle venait d'entendre. Puis, levant les yeux sur les feuillages qui bruissaient au-dessus d'eux, Ninon, dans un geste d'abandon, a offert aux lèvres de Paul son cou parfumé à *L'Heure bleue.*

Des pétards explosaient du côté de la rue de Rivoli.

— J'oubliais qu'on est le 14 juillet. Que fais-tu, ce soir ?

La question de Ninon laissait espérer à Paul qu'elle avait devant elle quelques heures de liberté.

— Des amis m'ont proposé de les rejoindre au Champ-de-Mars pour regarder le feu d'artifice.

— Tu vas y aller ?

— Si tu m'accompagnes.

— J'ai promis à mon mari de dîner avec lui.

L'espoir de Paul, cependant, ne faiblissait pas.

— Trouve une excuse ! dit-il. Invente n'importe quoi !

Se rappelant sa propre souffrance lors de sa rupture avec Chiara, il s'en voulait de lui donner ce conseil. Elle n'a pas répondu, mais il a deviné que ses mots trouvaient en elle un écho.

— Viens ! a-t-il insisté. On va s'amuser !

Vaincue, elle a plongé la main dans son sac pour prendre son téléphone.

— Je ne te promets rien, dit-elle en s'éloignant.

Il a croisé les doigts pour qu'elle sache se montrer convaincante.

Des garçons d'une dizaine d'années jouaient au football entre deux arbres. Leur agilité réveillait en lui le souvenir des matchs disputés jadis avec ses amis en rêvant de victoires devant des stades en liesse. Là-bas, la conversation s'éternisait et Ninon marchait de long en large. Un des garçons s'approchait en dribblant. Sans réfléchir, et sous le regard ahuri des autres joueurs, Paul s'est emparé du ballon et il a shooté de toutes ses forces.

Ninon est revenue sur ses pas en pointant son pouce vers le sol pour signifier son échec.

— Il refusait de m'entendre, dit-elle, et j'en avais assez de discuter. Tu comprends ?

« Tu m'as dit qu'au point où vous en êtes, toi et lui, tu n'as plus de comptes à lui rendre. Alors non, je ne comprends pas. »

Malgré sa déception, Paul s'est abstenu de prononcer ces mots qui n'auraient rien changé.

À la perspective de dîner en tête à tête avec Thaddée pendant que Paul assisterait avec ses amis au feu d'artifice, Ninon sentait le découragement l'envahir. Son mari, paraît-il, avait réservé une table à La Rotonde. Pourquoi ne pas aller tout à l'heure à Montparnasse voir à quoi il ressemblait ? Paul avait déjà abandonné cette idée.

Aussi contrariés l'un que l'autre, Paul et Ninon

se sont dirigés vers l'arc de triomphe du Carrousel. Disposées entre les allées de buis, *Été*, *Vénus* et *Pomone*, les sculptures d'Aristide Maillol, leur faisaient cortège.

— J'aurais dû passer l'après-midi avec mon mari, regretta Ninon. Après quoi, nous aurions eu la soirée pour nous. C'était quand même simple !

Elle s'est tue, mais sur ses lèvres continuaient de se former les pensées qu'elle remuait dans sa tête.

— J'aimerais tellement qu'une nouvelle mission l'appelle ailleurs. J'ai besoin d'être seule.

Elle a marqué un temps, avant de se reprendre :

— Seule, ou avec toi.

Ils ont traversé la place du Carrousel. Ninon, en voyant le Café Marly, s'est rappelé Jacques Forestier. Qu'était-il devenu depuis leur rencontre ? Aujourd'hui encore des touristes se photographiaient devant la Pyramide. Au-delà des guichets du Louvre, la ville était tranquille. Paul promenait sur tout cela un regard indifférent.

— Ne sois pas triste, dit Ninon. Nous en verrons d'autres, des feux d'artifice. J'en suis sûre.

Parce qu'elle lui souriait, il ne demandait qu'à la croire.

Après qu'ils se sont embrassés, elle a rêvé de Paros. La mer turquoise avec Paul. Les promenades dans le maquis avec Paul. Les siestes avec Paul. Les nuits d'amour avec Paul… Jamais autant qu'à cet instant Ninon n'avait eu conscience d'aimer Paul.

— Jolie couleur !

Ninon tenait son verre à hauteur de ses yeux et scrutait le liquide rouge qu'on venait de lui servir.

— Je ne me rappelais pas que c'était aussi amer, dit-elle en faisant la grimace après une gorgée.

— On s'y habitue vite ! affirma Paul. À moins d'être une petite nature !

Sourde à la moquerie, Ninon a reposé son verre.

— *Égée !* s'exclama-t-elle. Quelle coïncidence !

Ils avaient remarqué, en franchissant la passerelle, ce nom inscrit en lettres blanches sur la coque noire de la péniche.

— Peut-être le capitaine est-il grec !

— Peut-être vient-il de Paros !

— Peut-être se prénomme-t-il Aristote !

Accoudée au bastingage, Ninon contemplait la guirlande de lierre sur le mur en brique, la Seine incandescente, et les tours de Notre-Dame entre deux nuages. La lumière ambrée et le clapotis de l'eau donnaient un avant-goût des vacances. Comme si elle était aveuglée par le reflet du soleil sur la mer, elle a mis ses lunettes noires.

— Dans quel roman de Marguerite Duras, demanda-t-elle, les personnages boivent-ils des Bitter Campari ?

— *Les Petits Chevaux de Tarquinia.*

Un après-midi Paul avait été ému d'apercevoir, rue Saint-Benoît, quelques mois avant sa mort, Marguerite Duras, que Yann Andréa aidait à descendre de voiture. Paul McCartney, Dustin Hoffman, Yves

Saint Laurent, Marguerite Duras… C'étaient autant de gens qu'il était heureux d'avoir croisés au moins une fois dans sa vie.

Deux couples s'installaient à une table voisine tandis que Ninon se rappelait les heures passées à lire *Un barrage contre le Pacifique*, *Le Marin de Gibraltar* et *Les Petits Chevaux de Tarquinia*, sur la plage d'Argent, il y a une dizaine d'années.

— Regarde, là-bas, la table des princesses !

Elle désignait, sur la berge, quatre jeunes filles assises sur un plaid au milieu duquel elles avaient disposé leur pique-nique. Un sourire aux lèvres et une coupe de champagne à la main que fêtaient-elles, ces princesses blondes ? Des succès scolaires ? La belle saison ? Un anniversaire ?

La péniche tanguait. Un bateau-mouche, aux flancs éclairés de lumières vertes, s'avançait. À son bord, des touristes levaient le bras au passage. À mesure qu'il s'éloignait, le bateau-mouche prenait l'apparence d'un engin spatial sur le point de s'envoler vers d'autres galaxies.

— Quand nous sommes ensemble, confia Ninon, j'ai toujours l'impression d'être pompette ! C'est délicieux !

Sous l'effet de l'alcool, Paul s'attendait à ce que la péniche se détache du quai et les emmène loin de là. Ninon le regardait en souriant. Il lui a ôté ses lunettes noires. De qui tenait-elle ses yeux verts ?

— Je serai aussi contente de revoir Ferdinand, dit-elle, que triste de te quitter.

L'ambiance balnéaire, autour d'eux, avait fait oublier à Paul que Ninon partirait bientôt rejoindre son fils à Porquerolles.

— Je ne devrais peut-être pas te laisser seul, dit-elle encore. Il y a tant de jolies filles, l'été, à Paris...

D'autres couples franchissaient la passerelle. On commençait à servir le dîner. Les légumes, les viandes, les poissons aiguisaient l'appétit de Paul. Ninon avait fini son verre de Campari. Comme une illustration poétique de leur bonheur, des bulles de savon que le soleil irisait se sont envolées dans le ciel d'été.

Les arbres, comme emportés par un courant, dérivaient au loin. Les pales des éoliennes, sur les collines, tournaient au ralenti. Un clocher en ardoise brillait dans la lumière. Qui donc pouvait se recueillir dans cette chapelle au milieu de nulle part ? Le mouvement du paysage, sous l'effet de la vitesse, s'accélérait, et ses secousses donnaient l'impression que le TGV allait se désintégrer.

Le bruit d'une tablette qu'on repliait a attiré l'attention de Paul. Autour de lui, les passagers – dont certains, pour être plus à l'aise, avaient ôté leurs chaussures – dormaient ou feuilletaient un magazine. De l'autre côté de l'allée, une jeune fille souriait en regardant sur son ordinateur *Le Sauvage* de Jean-Paul Rappeneau – Yves Montand, après deux jours de mer, venait de trouver Catherine Deneuve installée sur son île déserte et c'était pour lui le début des ennuis… Paul connaissait les dialogues par cœur et il enviait la jeune fille, si c'était la première fois qu'elle le voyait, de découvrir ce film.

Il a bu le café qu'un steward venait de lui servir,

puis à nouveau il a observé derrière la vitre la campagne rapide qui s'étendait maintenant jusqu'à l'horizon.

Les visiteurs étaient nombreux, ce matin, à la Fondation Beyeler. L'exposition Gauguin s'achevait dans quelques jours et l'on venait de toute l'Europe pour admirer les toiles du peintre. Comme il le faisait au Louvre ou au palais de Tokyo, Paul, ses écouteurs sur les oreilles, s'était isolé du bourdonnement des conversations en écoutant de la musique.

Ébloui par les tableaux qu'il n'avait jamais vus que dans des catalogues, tel *Cavaliers sur la plage* (1902), ou qu'il avait déjà pu contempler dans les musées internationaux, tel *Eh quoi ! Tu es jalouse ?* (1892), et porté par les *Quatre derniers lieder*, de Richard Strauss, il se promena dans les salles dont les volumes mettaient en valeur les œuvres de Gauguin, mais aussi de Picasso, de Rothko, de Giacometti ou de Basquiat. Profitant de la distraction des gardiens, Paul, son iPhone à la main, bravait l'interdiction de prendre des photos pour conserver une image des toiles venant de collections privées qu'il n'aurait peut-être jamais l'occasion de revoir. Fasciné par les couleurs et les personnages que l'artiste avait fait naître sous son pinceau, il se rappela les Marquises où s'affrontaient, dans un combat subtil, le ciel et la mer, les traditions et la modernité, l'enfer et le paradis. Là-bas, pour la première fois de sa vie, il avait eu l'impression étrange d'atteindre le

bout de la Terre ; qu'il n'y avait rien au-delà ; et que, comme dans une voie sans issue, il n'aurait d'autre choix que de faire demi-tour pour retourner d'où il venait. Tandis qu'il regardait les tableaux accrochés aux cimaises, Paul se souvint du travail que lui avait demandé *Vie et mort de Paul Gauguin*, et de son voyage avec Chiara et l'équipe du film dans le Pacifique sud.

L'escale à Los Angeles avait été l'occasion de découvrir la ville qu'ils ne connaissaient ni les uns ni les autres. Venice Beach, Mulholland Drive, Hollywood Boulevard, Beverly Hills, Sunset Boulevard, le Chateau Marmont… Circulant à bord d'un van Chevrolet de location, pendant deux jours ils avaient sillonné dans une lumière d'été les avenues plantées de cocotiers qui se découpaient sur l'azur, avant de manger un hamburger au pied du Roosevelt Hotel et de filer à l'aéroport reprendre l'avion pour Papeete.

Arrivé à Atuona, sur l'île d'Hiva Oa, Paul, comme en Bretagne et à Tahiti, fut ému de marcher sur les traces de Gauguin et de découvrir la Maison du Jouir où ce dernier, durant son second séjour en Polynésie, avait installé son atelier. Là, poursuivant avec ses représentations des mers du Sud sa création d'un univers radieux où transparaissait son dégoût de la colonisation française, il avait réalisé quelques-unes de ses œuvres majeures en dépit de problèmes d'argent et d'une santé défaillante.

Soixante-douze ans plus tard, Jacques Brel s'était lui aussi exilé dans cet endroit du bout du monde. Le tournage de son film terminé, Paul emmena Chiara visiter le musée consacré au chanteur, où était exposé *Jojo*, le bimoteur avec lequel il acheminait le courrier et rendait service aux habitants qui parlaient encore de lui avec émotion. Devant sa petite maison au toit en tôle ondulée, à la sortie du village, Chiara trouva une branche d'arbre à pain qu'elle donna à Paul. Après quoi, assise sur une pierre, elle ouvrit le carnet noir qui ne la quittait pas pour prendre des notes qu'il ne lirait jamais.

Quand ils entrèrent dans le cimetière d'Hiva Oa, où reposaient les deux artistes, le sol était mouillé après une averse, et, comme des diamants semés ici et là, des gouttes d'eau ornaient les stèles. Mais, déjà lavé, le ciel, où trois nuages dessinaient un triangle parfait, était à nouveau bleu, et le soleil illuminait l'archipel.

Dans sa petite maison au toit en tôle ondulée, Jacques Brel avait écrit et composé sa chanson *Les Marquises.*

*La pluie est traversière elle bat de grain en grain*
*Quelques vieux chevaux blancs qui fredonnent*
*[Gauguin*

Un matin où il regardait un cheval galoper sur la colline, Paul sentit se réveiller l'envie de fuir qu'il éprouvait parfois. Et même si cela ne dura qu'un instant, comme Gauguin et Brel avant lui, il imagina

s'installer avec Chiara à Hiva Oa pour y demeurer libres et heureux jusqu'à la fin de leurs jours.

Après que l'équipe du film fut rentrée à Paris, Paul et Chiara s'offrirent une semaine de vacances à Bora Bora. La mer, la lumière, le ciel : tout était bleu à leur réveil. Sitôt levés ils rejoignaient à la nage un îlot de sable blanc où les attendaient deux chaises longues. Devant les seins de Chiara pointés vers l'infini, Paul, dans ce décor de carte postale, se demandait si la vie pouvait être plus belle.

En fin de matinée, ils se promenaient en canoë sur le lagon. Enveloppés de silence, ils n'entendaient que le clapotis de l'eau au bout de leurs pagaies. Le soleil au zénith les obligeait à garder leur tee-shirt pour se baigner. Comment croire que dans trois jours ils fêteraient Noël à Paris ?

De retour dans le bungalow, Chiara s'asseyait par terre et contemplait les poissons à travers la vitre aménagée dans le plancher du salon. Attirée par leur forme ou leurs couleurs, elle avançait sa main comme si elle voulait les caresser avant qu'ils ne disparaissent de sa vue.

La mer scintillait entre les stores de la chambre dont les murs en bois rappelaient ceux d'un chalet suisse.

— *Ti amo ! Ti amo ! Ti amo !*

Quand elle ouvrait les yeux, Chiara se voyait dans le miroir assise à califourchon sur Paul.

Après la sieste ils couraient jusqu'à la terrasse et

conscients de leur chance ils plongeaient en riant dans le Pacifique.

À la tombée de la nuit, la jeune femme, en robe noire, laissait dans son sillage des effluves d'*Eau sauvage.*

— Je n'aime que les parfums pour hommes !

Lorsque avant le dîner Paul prenait le bras de Chiara pour l'emmener boire un verre au bar de l'hôtel, ils voyaient s'allumer, sous le ciel pastel où se découpait le mont Otemanu, les guirlandes lumineuses enroulées comme des serpents autour des cocotiers. Oui, c'étaient bientôt les fêtes, même si le Père Noël qu'ils croisaient sur leur chemin semblait perdu dans l'hémisphère Sud.

En sortant de l'exposition, Paul se promena dans le jardin de la Fondation Beyeler. Alors que leurs parents se reposaient à l'ombre, des enfants couraient sur les pelouses. Il les observa un moment, puis il alla s'asseoir devant le bassin où flottaient des nénuphars. Avec ses colonnes roses et son toit blanc, le bâtiment de la Fondation aurait pu se trouver quelque part en Asie ou en Amérique. Derrière ses baies vitrées, les salles d'exposition ressemblaient à des aquariums où les visiteurs se déplaçaient avec la lenteur des poissons rouges. La pensée de Chiara occupa à nouveau l'esprit de Paul et il la revit telle qu'elle lui était apparue, un soir d'octobre.

Des gens étaient rassemblés devant une boutique

de chapeaux, rue Saint-Sulpice. Arrivé à leur hauteur, Paul remarqua une jeune femme blonde coiffée d'un bibi en forme de souris qu'on venait de lui mettre sur la tête. Elle portait une veste en velours bleu, un tee-shirt gris et un jean effrangé – ces détails étaient à jamais fixés dans sa mémoire – et ses pieds nus dans des chaussures à bride donnaient envie de découvrir ses chevilles.

Une coupe de champagne dans chaque main, elle cherchait quelqu'un.

— Si tu en veux une, dit-elle en croisant son regard, elle est à toi !

Tout de suite il fut sensible à son accent autant qu'à ses yeux bleus et à ses lèvres charnues.

— Pour qui était cette coupe ? demanda-t-il lorsqu'ils trinquèrent. Une amie ? Un fiancé ?

— Une amie !

— Ouf !

La jeune femme éclata de rire.

— Toi, au moins, tu n'y vas pas par quatre chemins !

Bientôt Paul apprendrait que Chiara était turinoise et interprète à l'Unesco.

Une rampe de spots éclairait d'une lumière pâle les invités. Au fond de la boutique, un rideau rouge encadrait une table comme sur une scène de théâtre et une fenêtre protégée de barreaux ouvrait sur une cour. Partout des chapeaux étaient accrochés à des patères, empilés sur des fauteuils, ou présentés sur des têtes en verre.

— Que fête-t-on ? demanda Paul en apercevant à travers la vitre le bras levé d'un serveur qui promenait au-dessus de l'assistance un plateau encombré de verres.

— Eux, je ne sais pas, répondit Chiara, mais moi, je bois à notre rencontre !

La souris rouge, sur sa tête, approuva d'un clignement de ses petits yeux en mica.

Débarrassée de son bibi, la jeune femme était encore plus jolie.

— Maintenant que nos coupes sont vides, dit-elle, que proposes-tu ?

La lumière des phares balayait le plafond de la chambre et éclairait leurs corps nus. Allongés dans le noir, ils entendaient les voitures s'arrêter au feu, et redémarrer dans un crissement de pneus. Au bruit des moteurs s'ajoutaient parfois les échos d'une chanson ou les éclats d'une dispute. Puis le silence retombait, au milieu duquel résonnaient des pas sur le trottoir.

— Quel délice ! s'était extasié Paul quand tout à l'heure il avait goûté les raviolis de bœuf au romarin de Chiara.

Celle-ci lui faisait découvrir les richesses de la gastronomie italienne, et, comme les amis qu'ils invitaient à leur table, il s'émerveillait de son talent derrière les fourneaux.

— Le sexe et la cuisine, répondait-elle, voilà le secret pour garder un homme !

Après le dîner, ils avaient fini la bouteille de chianti en écoutant un disque de Lucio Dalla, dont ils avaient repris en chœur *Milano*. Sur une commode, des photos de famille étaient exposées dans des cadres en argent. Ottavio, le père de Chiara – cardiologue réputé, paraît-il –, avait le sourire d'un homme à qui tout réussit. Elena, sa mère, était aussi brune que sa fille était blonde, et on lisait dans ses yeux bleus la douceur avec laquelle elle avait veillé sur son mari et ses enfants. Quant à Pietro, son frère, il semblait afficher, avec ses sourcils froncés et son costume étroit, ses regrets d'être devenu avocat alors qu'il rêvait d'une carrière à Cinecittà.

Avenue La Motte-Picquet. Avenue de Suffren. Avenue de Ségur.

— Comment peux-tu vivre dans ce quartier ? raillait Paul quand leurs promenades les menaient jusqu'au désert de la place Vauban.

— Si tu trouves mon quartier tellement sinistre, répliquait Chiara, pourquoi es-tu venu t'y installer ?

Depuis trois mois, en effet, Paul ne passait plus chez lui que pour relever son courrier.

À la veille d'un long week-end de mai, Paul loua une voiture, fit deux sacs, et alla attendre Chiara devant le palais de l'Unesco. Quand elle apparut place de Fontenoy, il démarra, et, roulant tout doucement, il la suivit à distance en se réjouissant à l'avance de la surprise qu'il s'apprêtait à lui faire.

Après qu'elle eut traversé l'avenue de Lowendal, il accéléra pour la rejoindre et ouvrit la portière :

— Je vous emmène voir la mer ?

Il n'oublierait jamais la stupéfaction de la jeune femme à cet instant.

— Je n'ai ni vêtements ni brosse à dents ! se rappela-t-elle alors que la voiture prenait la direction de la porte de Saint-Cloud.

— Tout est dans le coffre ! Quelle aventurière !

— Et le dîner chez les Vermont ?

— Annulé !

Elle se réjouissait de découvrir la Normandie.

— En plus, dit-elle en remarquant les quatre lettres inscrites sur le volant, tu as choisi une Fiat !

— Je ne voudrais pas que tu aies le mal du pays !

Le matin, Paul trouvait Chiara assise en tailleur sur la pelouse. En maillot de bain et ses lunettes noires sur le nez, elle profitait du soleil. Derrière elle la mer s'éloignait et des enfants dont les petites silhouettes se reflétaient sur le sable mouillé, creusaient un bassin. Une odeur d'iode embaumait l'air. Des parasols s'ouvraient comme des fleurs. Une mouette survolait la maison.

— Quelle bonne idée tu as eue de m'amener ici ! murmurait Chiara quand Paul s'agenouillait pour l'embrasser.

Ils se promenaient à bicyclette dans les avenues désertes. La cale à bateaux. La digue. Le Club Mickey. La place du Casino. L'avenue Armand-Jullou.

L'ancien cinéma L'Estival. Le Tennis-Club… À Jullouville, Paul avait vécu des étés d'insouciance et il était heureux de montrer à Chiara tous ces endroits qui avaient tant compté pour lui. À la Croix Paqueray, où ils grimpaient « en danseuse », la vue sur la côte jusqu'à Granville demeurait l'une des plus belles de la région.

L'après-midi, il faisait chaud sur la plage – peut-être y aurait-il la canicule cette année encore – et Chiara entraînait Paul au bord de l'eau.

— Si je ne me baigne pas, disait-elle, je le regretterai toute ma vie !

Elle lui confiait sa chemise et s'avançait dans les vagues qui fouettaient ses cuisses et son ventre. Puis, sans hésiter, comme dans la Méditerranée au mois d'août, elle s'éloignait vers le large en nageant la brasse.

Après qu'elle s'était séchée, ils longeaient le rivage jusqu'à Carolles. Paul, pour amuser Chiara, marchait sur les mains. Chiara, pour amuser Paul, faisait la roue. Leurs pitreries amusaient les vacanciers.

— Les meilleures crêpes du monde ! soutenait Paul en s'arrêtant à la Crêperie carollaise.

Au retour, il se demandait ce qu'étaient devenus tous les gens qu'il avait vus dans son enfance emprunter ce chemin de sable au milieu des dunes.

— On est mieux ici ! répondait Chiara quand Paul proposait de dîner au restaurant.

Ils avaient pris des couleurs et gardé leur maillot de bain. Assis sur des transats, devant la villa, ils contemplaient le coucher de soleil sur la mer. Chiara

avait préparé des bulots et Paul ouvert une bouteille de jasnières.

— Quelle merveille ! s'exclamait la jeune femme en regardant les ombres s'allonger dans la lumière blonde. J'ignorais qu'il pouvait faire aussi beau en Normandie !

— Il n'y a pas que l'Italie dans la vie !

Plus tard, quand la nuit serait tombée et les lampes éteintes, pour la dernière fois Paul et Chiara feraient l'amour devant la fenêtre ouverte sur la plage.

Un jour, ils descendirent du train à Torino Porta Susa. Turin, sous le soleil de juillet, était encore plus envoûtante et la majesté de ses places et de ses arcades éblouit Paul. Fière de lui montrer sa ville – « *Non è bellissima, la mia città ?* » –, Chiara, redevenue la *ragazza* d'autrefois avec sa robe à fleurs, arpentait la via Garibaldi en racontant des anecdotes où il était question d'Ettore Scola, d'un cocker feu, d'une Lancia Flaminia Touring, de Paul VI et de *gelati al limone.*

Vue depuis la colline, Turin ne montrait d'elle-même que des terrasses et des jardins suspendus au sommet d'immeubles en brique. Au-delà, entre ses toits rouges serrés les uns contre les autres, pointait une flèche, une antenne ou un dôme. Des kayaks glissaient à la surface du Pô tandis qu'un bateau effectuait la traversée d'une rive à l'autre. Devant un rideau d'arbres, à quelques pas des quais, on jouait au tennis sur des courts en terre battue. De

l'autre côté du fleuve, dans le parc du Valentino, se découpait au milieu de la verdure, avec son donjon, ses tours et ses créneaux, le château fort du bourg médiéval.

Après la visite de la cathédrale Saint-Jean-Baptiste, à la fraîcheur exquise, Paul et Chiara déambulèrent dans les allées du mercato di Porta Palazzo. Les fruits et les légumes, sur les étals, répandaient une odeur subtile. Paul, pour étancher sa soif, goûta une nectarine pendant que Chiara bavardait avec le marchand. Plus loin, des femmes dont les caddies débordaient de provisions retournaient des piles de vêtements ou hésitaient sur la couleur d'un sac à main. Appuyés à une barrière, des hommes, qui étaient peut-être leurs maris, fumaient une cigarette.

— Demain, rappela Chiara en savourant son tiramisu, nous déjeunons chez mes parents !

À la sortie du Caffe San Carlo, les klaxons résonnaient dans les rues alentour en même temps qu'une foule munie de porte-voix et de drapeaux italiens affluait sur la piazza San Carlo où un écran géant avait été installé pour la Coupe du monde de football.

— Il ne te reste plus qu'à nous trouver de la bière et deux places ! ironisa Chiara avant d'emmener Paul dans des quartiers plus paisibles.

Le cinéma italien était né à Turin et la ville avait accueilli de nombreux tournages. Aussi Paul fut-il ému de visiter le musée du Cinéma installé dans la Mole Antonelliana et de découvrir les reconstitutions de décors, les portraits d'acteurs, les costumes

de tournages et les dessins de réalisateurs exposés à tous les étages.

Le soir, ils dégustèrent dans la salle voûtée de La Badessa des *agnolotti* avec une bouteille de dolcetto d'Alba, avant d'aller flâner sur la piazza Emanuele Filiberto où les terrasses débordaient de monde jusque tard dans la nuit. Lorsqu'ils rentrèrent se coucher, Turin, à la lumière des réverbères, était parée de mystère.

Le printemps triomphait et Paul admirait depuis la vitre du bus qui l'emmenait au Trocadéro les feuilles vertes et fraîches des marronniers en fleur. Le voyage en Polynésie semblait déjà tellement loin… Tout à l'heure, si son rendez-vous ne se terminait pas trop tard, il reviendrait à pied par les quais.

Le bus montait l'avenue du Président-Wilson quand Paul manqua défaillir. Chiara, qui à cette heure aurait dû assurer à l'Unesco la traduction d'un séminaire consacré à l'environnement, se promenait avenue Marceau main dans la main avec un homme. Au moment où le bus les dépassait, Paul se précipita à la lunette arrière. Le couple s'embrassait puis s'éloignait vers la place de l'Alma. Cette scène, aussi répulsive qu'attractive, captivait malgré lui son regard.

Descendu à Iéna après que le chauffeur eut refusé de lui ouvrir les portes entre deux arrêts – c'était, paraît-il, interdit –, Paul, le souffle court, s'élança en vain à la recherche de Chiara.

La belle matinée de printemps avait viré au cauchemar.

Il aurait pu croire à une hallucination si, le soir même, pendant qu'elle prenait un bain, Paul n'avait inspecté l'iPhone de Chiara.

*À 16 heures au même endroit que d'habitude.*
*Tellement impatiente d'être dans tes bras !*
*J'adore cette chambre !*
*Ta peau me manque.*
*Pas autant que tes baisers.*
*Heureuse d'avoir revu ce film avec toi.*
*Es-tu libre à dîner mercredi ?…*

Jamais signés, les messages de l'inconnu – enregistré dans le carnet d'adresses sous le nom de « Bozo » – et ceux de Chiara, que par distraction ou légèreté elle n'avait pas pris soin de supprimer, défilaient jusqu'à la nausée sous les yeux de Paul. Le premier message datait du 10 novembre, soit un mois avant le départ pour les Marquises. Où Chiara avait-elle rencontré ce type ? Depuis quand couchaient-ils ensemble ? Après avoir remis le téléphone à sa place, Paul, les jambes flageolantes et le ventre noué, tituba jusqu'à une chaise où il s'effondra.

C'est là que, sortant de la salle de bains, la jeune femme le trouva prostré.

— Ça m'est tombé dessus, dit-elle sans plus d'ex-

plications. Je voulais t'en parler, mais je n'y arrivais pas. Je suis désolée…

Quand pour le consoler elle s'agenouilla à ses pieds, devinant dans l'échancrure de son peignoir ses seins qu'il ne caresserait plus jamais, il la repoussa violemment. Il y a une semaine, ils avaient dîné à La Fontaine de Mars. Maintenant il comprenait pourquoi, au dessert, en découvrant une bague dans le petit paquet qu'il venait de lui offrir pour son anniversaire, elle avait eu ce sourire gêné.

— C'est qui ?

Elle restait calme.

— Quelle importance ?

Même s'il n'avait fait que l'apercevoir, Paul gardait une image précise du salaud qui s'était immiscé dans sa vie. Plus petit qu'elle, les épaules tombantes et le crâne dégarni, comment pouvait-il plaire à Chiara ? S'il avait su où le trouver, Paul serait allé lui casser la gueule sur-le-champ. Mais, dans son désarroi, il n'avait pas pensé à noter le numéro de « Bozo ».

— Tu l'aimes ?

— Oui.

La réponse de la jeune femme tomba comme un couperet.

Refusant d'en entendre davantage, Paul fonça jusqu'à la chambre et glissa dans sa valise trois paires de chaussures, ses vêtements et sa trousse de toilette. Quand il lui rendit sa clef, Chiara, contre toute attente, éclata en sanglots. Alors qu'elle

essayait de le retenir, une fois encore il la repoussa, puis, sans un dernier regard à cet appartement où il avait vécu deux ans et demi, il claqua la porte derrière lui.

Dans le taxi qui le ramenait à Saint-Germain-des-Prés, Paul baissa la vitre pour respirer les odeurs du soir et bientôt des images de son bonheur perdu le taraudèrent comme si la journée n'avait pas été assez éprouvante. Telle une vague qui franchit une digue, le chagrin l'envahit, et les lumières de la ville, à travers ses larmes, scintillèrent comme un soir de Noël. Brusquement la perspective de se retrouver seul chez lui le terrifiait. Décidé à se saouler, Paul, pour boucler la boucle de son histoire avec Chiara, commença au Café de la Mairie, place Saint-Sulpice, sa tournée des bars.

Le lendemain, à son réveil, des visages et des lieux qu'il n'aurait su identifier lui revinrent en mémoire, et sa valise, oubliée dans le taxi ou perdue dans un café, avait disparu.

Comment la vie pouvait-elle se montrer aussi cruelle ? Comment pouvait-elle infliger de telles souffrances ? Pendant un an, Paul, plongé dans le désespoir, avait craint que la douleur ne le rendît fou.

Et voilà qu'assis devant le bassin où flottaient des nénuphars, il avait la confirmation que tout cela était derrière lui. À aucun moment, en effet, les tableaux de Gauguin n'avaient réveillé son chagrin,

et, l'avenir étant à nouveau une promesse, il se félicitait d'être allé à Bâle comme si, inconsciemment, il savait qu'il en rentrerait guéri de Chiara.

« Il avait atteint le milieu de sa vie, et pourtant tout ne faisait que commencer. » Les mots de James Salter, dans *Et rien d'autre*, avaient tout à coup pour Paul une résonance particulière.

Le contrôleur, qui lui demandait son billet, a sorti Paul de sa rêverie. De l'autre côté de l'allée, la jeune fille, après qu'Yves Montand avait retrouvé Catherine Deneuve à la fin du *Sauvage*, s'était endormie.

Le TGV a fait une halte à Dijon. Assis sous un abri, des voyageurs entourés de bagages attendaient sur le quai l'arrivée de leur train. Derrière eux se dressaient des immeubles à l'abandon. Le TGV repartait déjà.

Le soleil illuminait la campagne. Un village, au bord d'une forêt, paraissait figé dans l'été. Un tracteur dessinait une tache de sang au milieu des champs. La gare de Lyon n'était plus qu'à 200 kilomètres.

Vider son sac. Prendre une douche. Grignoter devant la télévision. Quel meilleur programme pour la soirée ? Une femme traversait le wagon en tirant derrière elle sa valise comme si elle s'apprêtait à descendre du train en marche. Lorsqu'elle est passée devant lui, Paul a souri en respirant le parfum de *L'Heure bleue.*

Paul a souri en voyant s'afficher sur l'écran de son iPhone l'autoportrait que Ninon avait réalisé devant le bassin des Tuileries.

— Comme tu peux le voir, s'amusa-t-elle, je fais ce que je dis !

Elle se promenait sur le chemin qui accédait à la villa de ses parents et il entendait derrière elle le chant des cigales.

— Trois jours sans donner de nouvelles, c'est un bon début !

— Moque-toi de moi !

Avant son départ, elle avait décidé de ne correspondre que par mail depuis le Midi.

— Si nous nous parlons au téléphone, avait-elle prétexté, tu vas trop me manquer.

Parce que sans le dire Ninon lui avait demandé de ne pas l'appeler pendant ses vacances à Porquerolles, Paul, au moment où elle disparaissait à l'angle de la rue de Rennes, n'avait pu s'empêcher de penser qu'elle le tenait à distance. Son coup de fil était donc une agréable surprise.

— Je te dérange ?
— Jamais.
— Comment vas-tu ?
— Bien.
— Et ton montage ?
— Je l'aurai terminé à la fin de la semaine.
— Tu es content ?
Que répondre ? Toujours, lorsqu'il achevait un film, la frustration l'emportait sur la satisfaction et il lui fallait du temps pour avoir un regard objectif sur son propre travail.
— Je sais qu'il pleut à Paris…
Sans doute Ninon tenait-elle cette information de son mari.
— Depuis ton départ, rien ne va plus dans cette ville !
— Tu sors ? Tu vois des gens ?
Paul avait dîné avant-hier avec Félix.
— Il s'en va rejoindre Adèle à Carnac, le week-end prochain.
— Nous leur devons une fière chandelle, à ces deux-là !
Assis à la terrasse du Café Varenne, en fin de soirée, les deux amis avaient bu des gin-tonic en regardant passer les filles rue du Bac.
— Bravo ! Pourquoi se gêner ?
— Il faut bien s'occuper !
— Dois-je comprendre que notre voyage en Grèce est annulé ?
— Pas encore !

À Porquerolles, où le ciel était bleu, Ninon lisait et se reposait.

— Ainsi, dit-elle avec des sous-entendus, j'arriverai à Paros pleine d'énergie !

Cet après-midi, elle avait nagé jusqu'à la crique où elle s'isolait jadis avec ses amoureux.

— Aujourd'hui, malheureusement, l'endroit est connu de tous et il est impossible d'y être seul.

Le chemin semé d'aiguilles de pin était tiède sous ses pieds nus et autour d'elle la Méditerranée étincelait.

— Cette île serait idéale si les bateaux n'y déversaient pas des flots de touristes.

Comme toujours, avec Chloé, Ninon avait l'impression que le temps était aboli. Les deux sœurs retrouvaient en effet les gestes et la complicité de leur enfance quand, le soir, à Abidjan, elles quittaient leur lit pour aller se cacher derrière un rideau du salon et espionner les invités de leurs parents.

Chaque matin, avant que la chaleur ne devienne étouffante, elles jouaient au tennis derrière la plage de la Courtade.

— Nous nous adorons, mais sur le court nous sommes deux hyènes qui ne lâchons rien !

— Visiblement, l'épisode du fer à repasser a laissé des traces ! Et pas seulement sur ton coude !

Le rire de Ninon était le même quand Paul l'avait entendu pour la première fois, au bout du couloir, chez Adèle et Félix.

— Tu joues bien ?

— Surtout ma sœur. Elle était classée 0 quand je n'étais que 15/1…

— Il s'agirait de faire des progrès !

— Chloé a toujours été plus rapide que moi ! C'est comme ça !

Le chant des cigales s'amplifiait avant de s'éteindre pour la nuit.

— Et toi, demanda Ninon, tu joues au tennis ?

— Ce sport demande trop de réflexes, mentit Paul qui n'avait jamais passé plus de deux tours dans les tournois d'été, en Normandie.

— Tu as pourtant un physique de joueur de tennis.

— Comment dois-je le prendre ?

Paul, en se représentant Ninon sur un court, s'est rappelé une jeune femme, dans la lumière d'un matin d'été, à Jullouville, il y a trente ans. Souvent il la voyait jouer au volley-ball à côté de la plage. Plus que son agilité derrière le filet, ses courbes avenantes et ses cheveux bouclés captivaient les garçons assis au bord du terrain. Le soir, tandis qu'elle buvait une orangeade sous le toit de chaume de La Terrasse, d'autres admirateurs se pressaient autour d'elle.

Ce matin-là, vêtue d'une jupe et d'un polo blancs Lacoste, elle remontait à bicyclette l'allée des Soupirs en serrant sous son bras une raquette de tennis. Elle avait alors vingt-sept ans et Paul douze ans. Surmontant sa timidité, il l'arrêta pour lui demander son nom.

— Joséphine Josmeyer, répondit-elle mi-surprise mi-amusée.

Jamais il ne s'était trouvé aussi près d'elle et il remarqua ses yeux vairons.

Tandis que, le pied sur la pédale de son vélo, elle allait partir, une question la retint.

— Pourquoi, demanda-t-elle, voulais-tu savoir mon nom ?

— Pour m'en souvenir plus tard quand je penserai à vous, dit-il en la considérant comme s'il ne devait jamais la revoir.

Les deux années suivantes, lorsqu'il la croisa à nouveau au Tennis-Club et au marché, il lut la même bienveillance dans le sourire de la jeune femme. Puis d'autres années passèrent sans qu'il l'aperçût. Quand elle réapparut pour la dernière fois sur le terrain de volley-ball, il mesurait un mètre quatre-vingt-huit et elle ne le reconnut pas. Où se trouvait-elle aujourd'hui ? Était-elle mariée ? Avait-elle des enfants ? Elle approchait de la soixantaine. Comment imaginer que Joséphine Josmeyer était peut-être grand-mère ?

Hier soir, à une fête dans une villa voisine, Ninon et Chloé avaient revu des amis de jeunesse. Les lieux et l'ambiance étaient ceux de jadis, mais les cheveux gris et les visages empâtés soulignaient les années écoulées.

— C'était *Le Temps retrouvé* !

Contents d'être à nouveau réunis même si quelque chose d'indéfinissable s'était envolé à

jamais, comme autrefois ils avaient bu et dansé jusqu'à l'aube dans les lumières du jardin. Après un détour par la plage de la Courtade pour se baigner, ils avaient pris le petit déjeuner à L'Escale, sur le port, puis tout le monde était rentré dormir. Ce matin, les grands-parents s'étaient occupés de leurs petits-enfants et Ninon et Chloé avaient pu se reposer.

Ferdinand était ravi d'avoir retrouvé sa mère.

— Quand il ne joue pas avec ses cousines, dit Ninon, nous passons de longs moments à discuter ! Ses questions me surprennent et son humour m'enchante ! Tout à l'heure, pendant le déjeuner, il m'a demandé si j'étais fière de lui ! N'est-ce pas incroyable ?

— Tu l'as rassuré, je suppose !

— Excuse-moi, je t'ennuie avec mes histoires. Les parents en extase devant leurs enfants, il n'y a rien de plus assommant !

— Je te taquine !

Ferdinand avait fait un dessin pour son grand-père dont on fêterait samedi les soixante-dix ans. En le voyant installé devant ses feuilles de papier et ses crayons de couleur, Ninon s'était rappelé les dessins que lui offrait Chloé à ses anniversaires – elle conservait, dans un classeur, une girafe orange dans une savane dorée.

« Les générations se suivent et se ressemblent », avait-elle pensé tandis que son fils esquissait des nuages gris autour d'un avion rouge.

Lundi prochain, les deux sœurs emmèneraient leurs enfants visiter le moulin du Bonheur et le fort Sainte-Agathe.

— Dans quelques années ce seront pour eux de beaux souvenirs, dit Paul qui lui aussi s'était souvent promené avec ses cousins sur la falaise de Carolles jusqu'à la cabane Vauban.

Ninon a fait demi-tour pour revenir vers la villa de ses parents.

— Il y a deux nuits, murmura-t-elle comme si elle craignait que quelqu'un l'entende, j'ai rêvé de toi. Tu étais à mes côtés et ta chaleur m'enveloppait en même temps que ta bouche m'embrassait, me mordait, me léchait… Quelle déception, à mon réveil, quand j'ai allongé le bras pour te caresser !

Ce songe donnait à Paul l'envie de déshabiller Ninon.

Des cris ont retenti dans le combiné. Les enfants sortaient du bain et chahutaient dans le jardin. Ninon allait devoir aider Chloé à les faire dîner puis à les mettre au lit.

— Il est possible, dit-elle alors, que je ne puisse plus te rappeler…

Soudain, elle parlait d'une voix étouffée comme si elle entrait dans un tunnel.

— … Thaddée m'a annoncé sa venue. Il veut voir Ferdinand. Je ne sais pas ce qui lui prend. Ou plutôt, je le sais trop…

Il y a eu un silence.

— Si on n'est pas brutal, a-t-elle ajouté comme

pour elle-même, si on essaie de le préserver, l'autre fait semblant de ne pas comprendre…

Inquiet à l'idée que son mari empêche Ninon de s'envoler pour Paros, Paul laissait le silence s'installer.

— Il va rester quelques jours, reprit-elle. Je ne voudrais pas qu'il y ait de problème. Tu comprends ?

Paul comprenait surtout que Ninon profitait de cet appel pour s'assurer qu'il n'allait pas se manifester et enfreindre la règle qu'elle avait imposée avant son départ.

La jeune femme a fait diversion en mentionnant les amis que ses parents avaient invités demain. Ils étaient drôles, paraît-il, et la soirée promettait d'être gaie. Au milieu des conversations, les glaçons tinteraient dans les verres de rosé. Sa robe coquelicot rendrait irrésistible la silhouette de Ninon. En allant à la cuisine, elle laisserait derrière elle des effluves d'*Heure bleue.* À la saveur de la dorade se mêleraient les senteurs de la nature. Au café, les hommes allumeraient un cigare et les femmes passeraient un gilet.

À Jullouville aussi, il y avait des soirées sur la terrasse. Après une journée sur la plage, on était nombreux autour de la table. On évoquait des souvenirs. On inventait des voyages. On racontait des histoires. Le jardin glissait dans l'obscurité. Les fanaux des chalutiers clignotaient sous les étoiles. Le phare de Granville balayait l'espace. Demain encore, il y

aurait des bains de mer et des promenades en voilier. Demain encore, il y aurait des jeux et des rires. Demain encore, il ferait beau.

— Pardon ?

— Je dois te quitter, répéta Ninon.

Elle avait approché sa bouche du téléphone et Paul entendait le souffle de sa respiration.

— À 22 heures, dit-elle, je penserai à toi. Promets-moi que toi aussi tu penseras à moi.

— Je te le promets.

— Alors je suis heureuse de savoir qu'à 22 heures, nous serons un peu ensemble.

Les lumières de Parikia scintillaient dans la nuit. À mesure qu'elle se rapprochait, la ville s'allongeait sur la mer et laissait apparaître dans ses rues des phares de voitures et des enseignes lumineuses.

Le quai, enfin, était en vue et le bateau ralentissait. Impatients de débarquer, des touristes attendaient devant les escaliers. Ninon a rangé dans son sac le foulard qu'elle portait autour du cou. Les yeux cernés, elle a répondu au sourire de Paul avec cet air absent qu'elle avait depuis leur départ d'Orly.

Ce matin, à l'aube, elle avait surgi dans le hall de l'aéroport en poussant un chariot où étaient empilés ses bagages. Sa manière de lui tendre la joue au moment où il s'apprêtait à l'embrasser, avait étonné Paul. En salle d'embarquement, quand il lui avait demandé comment s'était passé son séjour à Porquerolles, elle avait haussé les épaules et détourné le regard. Une fois dans l'avion, elle s'était endormie avant même le décollage.

Pendant le vol, Paul, déconcerté, se tournait vers

Ninon dont il ne voyait que les mèches brunes et les jambes repliées. Heureuse de l'avoir fait marcher, peut-être allait-elle se redresser brusquement et éclater de rire en signe de victoire. Cet espoir dissipé, et alors que l'Airbus poursuivait sa route sur le moniteur vidéo, il contempla les nuages derrière le hublot. D'un blanc immaculé, ils évoquaient un matelas de coton déroulé sous l'azur qu'effleuraient par endroits les rayons du soleil. Plus loin, dominant une vallée qui s'enfonçait jusqu'au centre de la Terre, ils figuraient des sommets enneigés dont les crêtes et les cirques, acérés comme des poignards, dessinaient une mâchoire géante. Au-dessus de l'Italie, le ciel s'éclaircit et les derniers nuages s'évanouirent dans l'immensité.

Ninon se réveilla tandis que l'appareil amorçait sa descente. Paul était ému de distinguer sous l'aile les collines, les champs d'oliviers et les cyprès qui le ramenaient à l'été de ses vingt ans. L'avion perdait de l'altitude. Les hôtesses demandaient aux passagers de redresser leur siège. Le pilote sortait le train d'atterrissage.

Une heure plus tard, ils prirent un bus pour Le Pirée. Le front appuyé à la vitre, Ninon, d'un geste las, montrait des ouvriers sur un échafaudage ou une camionnette qu'encerclaient des policiers, puis elle laissait retomber sa main dans un silence pesant.

À leur arrivée, ils burent à une terrasse un café

frappé. À chaque fois que la sirène d'un bateau retentissait, la jeune femme jetait un coup d'œil vers les quais ; la cuillère qu'elle faisait tourner entre ses doigts trahissait sa nervosité. Aux tables voisines, des Grecs consultaient leur téléphone tandis que des garçons et des filles, un sac à dos à leurs pieds, déjeunaient en attendant l'heure d'embarquer pour les îles. Ninon voulait visiter le Musée national archéologique et Paul revoir la place Omonia. Après quoi, ils se rendraient à l'Acropole. Le serveur leur désigna, au fond de la salle, un débarras où entreposer leurs affaires pour la journée. Il les accompagna sur le trottoir pour leur indiquer le chemin du métro.

La chaleur dans les rues était accablante et les piétons, comme s'ils redoutaient les effets du soleil, rasaient les murs ou marchaient sous les arbres. Les stores baissés, aux fenêtres, donnaient l'apparence d'une cité fantôme dont l'activité aurait cessé depuis longtemps. Debout sur une passerelle, Paul et Ninon considéraient, en dessous d'eux, l'avenue déserte à côté d'un bassin que longeaient des camions-citernes. Hauts comme les immeubles alentour, des navires aux couleurs des Minoan Lines ou des Anek Lines se reposaient de leur dernier voyage. Alors qu'elle allait s'éloigner, Paul enlaça Ninon qui aussitôt s'esquiva. Dans l'air marin flottait une odeur mêlée de pétrole et de caoutchouc.

Était-ce la fatigue ? L'inquiétude ? Paul, en sor-

tant de la station Victoria, eut un vertige. Les passants, la rue, les voitures, tout dansait autour de lui. Agrippé à une barrière pour ne pas perdre l'équilibre, il reprit sa respiration. Les yeux levés sur les façades colorées dressées autour d'elle, Ninon n'avait rien remarqué. Ils poursuivirent leur promenade après s'être réfugiés à l'ombre. Le goudron fondait sur la chaussée. Un oiseau chantait dans sa cage. Trois vieilles dames hélaient un taxi. L'esplanade, devant le Musée national archéologique, était une fournaise que personne n'osait affronter.

Cependant, les visiteurs étaient nombreux à admirer les peintures, les vases et les sculptures. Au rez-de-chaussée du musée, une galerie décorée de bas-reliefs entourait une cour intérieure. Au milieu des pins et des lauriers la lumière éclaboussait les fruits d'or d'un oranger. Installés sur les bancs, des touristes profitaient de la fraîcheur dans un murmure international qui faisait voyager Paul et Ninon d'un continent à un autre.

Ni les palmiers ni les pelouses n'auraient pu égayer la place Omonia. L'installation géométrique, sur le terre-plein central, et les immeubles modernes donnaient l'impression de se trouver dans une ville nouvelle qu'animaient des coups de klaxon. À l'entrée de l'hôtel La Mirage, des Japonais munis d'appareils photo attendaient en rangs serrés de mitrailler les monuments. Des enfants faisaient la queue devant un glacier ambulant. Un graffiti s'éta-

lait sur une palissade comme une œuvre d'art. Des poubelles s'amoncelaient sur les trottoirs.

— Pourquoi, s'étonna Ninon, voulais-tu tellement revoir cet endroit ?

Elle avait accompagné sa question d'un sourire auquel Paul pensait encore lorsqu'ils gravirent les dernières marches de l'Acropole.

Émue de découvrir le Parthénon, elle se mit à l'écart pour admirer l'édifice qui paraissait illuminé de l'intérieur. Depuis le détour par la place Omonia, elle était plus apaisée et une expression enjouée éclairait son visage. Elle rejoignit Paul devant l'Érechthéion et le soleil projeta sur les pierres leurs ombres séparées. Au milieu de ces vestiges, le silence était encore plus profond et ils avaient tous les deux conscience de vivre un moment exceptionnel.

Quand sans réfléchir Paul voulut l'embrasser, Ninon détourna la tête.

Le bateau venait d'accoster. Malgré la foule sur le quai, Paul a tout de suite repéré Bruno à côté du moulin à vent.

— Je n'en reviens pas de te voir ici ! s'écria ce dernier en lui donnant l'accolade au pied de la passerelle. Toi à Paros, c'est aussi incroyable que l'homme sur la Lune !

Des voitures et des motos débarquaient dans les fumées d'échappement et le bruit l'obligeait à élever la voix.

Bruno avait le même teint hâlé qu'autrefois, dans le Midi, et ses yeux étaient toujours aussi bleus, mais depuis leur dernière rencontre, a remarqué Paul en le présentant à Ninon, il s'était dégarni.

— Désolé d'être venu seul vous accueillir ! Il y a à la maison un cas de force majeure !

Aujourd'hui Flore avait eu une insolation, et après la visite du médecin, Alice était restée auprès de sa fille – et d'Arthur que la journée sur la plage avait épuisé.

— Elle a eu raison, déclara Ninon dont l'instinct maternel reprenait le dessus.

Bruno portait ses sacs à travers les ruelles, où l'on se bousculait. Il indiquait un restaurant, un bar ou une boutique dont il saluait au passage les propriétaires. Partout des lumières se déversaient sur les murs qu'ornaient des bougainvillées échappées d'un jardin ou des rosiers disposés sur les marches d'un escalier. Comme dans un labyrinthe toutes les rues se ressemblaient, et, dans ce dédale où se profilaient des ombres, Paul et Ninon, qui à la suite de Bruno montaient, descendaient, tournaient à droite, puis à gauche, n'auraient su retrouver leur chemin.

— Nous sommes bientôt arrivés, annonça celui-ci en franchissant une voûte de glycine que surplombait derrière un balcon une porte-fenêtre allumée.

Les deux amis, sous le poids des bagages, étaient en nage. Pourtant, Bruno maintenait le rythme en dressant la liste de tout ce qu'il y avait à découvrir

à Paros. Il évoquait un village, une église ; il recommandait une perspective, une promenade. Voutakos, Glyfa, Lolantonis, Lefkes... Ces noms avaient dans sa bouche le charme d'une langue exotique. Dans une ruelle qu'embaumait un parfum de jasmin se succédaient les marchands de souvenirs.

Enfin un hôtel est apparu sur une place où brillaient des tamaris.

— J'espère que vous y serez bien, dit Bruno.

La porte d'entrée, ornée de fleurs en fer forgé, était ouverte sur un couloir à la lumière tamisée.

— J'en suis sûre ! répondit Ninon à l'étonnement de Paul.

— Comme tu le sais, demain nous serons absents toute la journée.

Bruno, au téléphone, avait parlé d'un mariage à Naoussa où il devait se rendre avec Alice et les enfants.

— En revanche, lundi soir, nous comptons sur vous ! Et puisque ce sera le 15 août, nous vous emmènerons après le dîner au feu d'artifice !

— Je me réjouis à l'avance !

Quelque chose, dans l'enthousiasme de Ninon, sonnait faux.

— N'est-ce pas une excellente idée ? demanda-t-elle en adressant à Paul son plus beau sourire.

— J'ai hâte que tu rencontres Alice, dit-il.

— La maison est difficile à trouver. Je passerai vous chercher à 20 heures. D'ici là, appelez-moi si vous avez un problème.

— Merci pour tout.

— Ah, j'oubliais…

Bruno a sorti de la poche de sa veste une enveloppe en papier kraft.

— Ce sont vos billets de bateau pour le retour. Je préfère vous les donner maintenant.

« On ne sait jamais », eut envie d'ajouter Paul en songeant à l'indifférence de Ninon depuis ce matin.

La main levée, Bruno s'éloignait entre les tamaris.

— À lundi ! lança-t-il. Et dormez bien ! Vous devez en avoir besoin !

Une femme en robe noire et tablier blanc a accueilli Paul et Ninon à la réception.

— *Good travel ?* demanda-t-elle poliment.

— *Yes*, répondit Paul. *Very good travel. Thank you.*

L'hôtelière a pris une clef sur le tableau derrière elle et a invité le couple à la suivre dans le jardin jusqu'à un pavillon entouré de verdure. Sur la terrasse recouverte d'une pergola, une table et des chaises voisinaient avec une banquette en tissu au pied de laquelle courait sur le carrelage un tuyau d'arrosage.

« Ce pavillon doit être un bonheur à l'heure de la sieste », se dit Paul même s'il se demandait ce que lui réservaient les jours à venir.

Outre le lit, la chambre, dont les volets étaient fermés sur les ténèbres, comprenait deux tables de

chevet, une armoire, un fauteuil, une chaise et un bureau surmonté d'un miroir.

— *Very nice !* s'extasia Ninon avec le même enthousiasme que tout à l'heure.

Les mains sur les hanches, elle promenait son regard à travers la pièce :

— *I love it here !*

L'hôtelière accueillait avec un sourire les compliments de la jeune femme qui allait et venait de la chambre à la salle de bains comme si elle réfléchissait à la manière de réaménager les lieux.

« Si tout le monde pouvait être aussi charmant », se disait-elle en hochant la tête.

Avec les années, et sous le coup du chagrin, ses cheveux avaient blanchi et des rides recouvert son visage. S'il était apparu à l'instant, sans doute Kosmas aurait-il eu du mal à reconnaître la jeune fille qu'il avait abandonnée jadis pour en épouser une autre. Quelle importance puisque Angela conservait dans son cœur le souvenir intact de son amour perdu.

Après leur avoir montré comment fonctionnait la douche, elle a souhaité à ses clients une bonne nuit et elle s'est éclipsée.

Ninon a vidé ses sacs et rangé ses vêtements dans l'armoire. Sa trousse de toilette à la main, elle s'est ensuite enfermée dans la salle de bains. Un cendrier en terre cuite, sur le bureau de la chambre, provenait du palais Jamaï.

Ninon s'est installée sur la banquette en tissu.

Il flottait autour d'elle une odeur de savon à la lavande. Sa chemise de nuit laissait voir l'aréole de ses seins et le triangle de son sexe. Elle a glissé entre ses lèvres une Pall Mall et une flamme a jailli de son briquet – Paul n'a pas osé lui demander si elle était heureuse. Devant les bambous qu'éclairait un spot, elle se croyait revenue en Inde. La tête en arrière, elle a regardé s'élever dans la nuit les ronds de fumée qui sortaient de sa bouche.

— Je reviens, dit-elle en écrasant sa cigarette.

Tandis qu'elle remuait des choses dans la chambre – peut-être avait-elle vraiment décidé de réaménager les lieux –, Paul observait la dernière fenêtre allumée à la façade de l'hôtel. Qui, dans cinq minutes ou dans deux heures, se cacherait derrière ses volets ? À son tour il s'est levé pour faire quelques pas dans le jardin. Ninon, sur l'Acropole, avait refusé de l'embrasser. Il repoussait le moment de se retrouver au lit avec elle.

Paul est revenu sur la terrasse. Il n'y avait plus un bruit dans la chambre. Il est entré. Allongée sur le ventre et les bras en croix, Ninon dormait comme si la fatigue l'avait abattue d'un coup.

À New Delhi, le jour se levait sur la Yamuna et les frangipaniers.

Le chauffeur de taxi roulait en direction de Glyfa et le volant de la Mercedes, dans ses mains épaisses, ressemblait à celui d'une voiture d'enfant. Depuis le départ de Parikia, ses clients, pour préserver leur tranquillité, restaient silencieux et évitaient son regard dans le rétroviseur.

Paul admirait en contrebas de la route les ondulations du maquis, la mer étale et les îles à l'horizon. Dans cette nature verte et bleue déployée sous un ciel immense surgissait au bord de l'eau l'éclat blanc d'une villa. Ninon, de son côté, observait les collines à perte de vue. Comme si un détail lui avait échappé, elle pivotait vers la lunette arrière et considérait la route et ses mirages. Le soleil projetait sur elle une lumière rampante et un duvet blond brillait sur ses cuisses. Dans le sac qu'elle tenait sur ses genoux, il y avait deux serviettes, un tube d'Ambre solaire, un livre et une bouteille d'eau.

Ce sac rouge posé sur le bureau de la chambre, c'était la première chose que Paul avait vue, ce

matin, en ouvrant les yeux. Les cigales chantaient dans le jardin et il lui avait fallu quelques secondes pour se rappeler où il se trouvait. Allongée à sa gauche, Ninon regardait clignoter les taches de lumière sur le mur. Deux ou trois fois pendant la nuit elle s'était blottie contre lui avant de se réfugier à l'autre bout du lit lorsqu'il l'avait enlacée.

À l'aube, un enfant, dans l'hôtel, avait pleuré.

— Peut-être était-ce un cauchemar, supposa Ninon les yeux toujours fixés sur les collines. Ou la chaleur. Ou la faim. Ou la soif.

— Ou la peur.

À demi nus et les cheveux au vent, des garçons et des filles à moto doublaient la voiture en saluant ses passagers. Pressés d'aller se baigner ils accéléraient dans les lignes droites ou quittaient la route pour s'aventurer sur les chemins de terre qui descendaient vers la mer.

— Demain, annonça Paul, je louerai un scooter.

— Pour être indépendant, approuva Ninon, il n'y a pas mieux qu'un deux-roues.

Sur les hauteurs, un village serré autour d'une église tremblait dans la chaleur.

— La vue depuis ses maisons doit être extraordinaire.

Tandis qu'elle levait sa main et désignait l'une d'elles, Paul a embrassé le poignet de Ninon. Elle a profité d'un coup de frein pour se libérer et elle a ramassé son sac tombé à ses pieds. Lorsqu'elle l'a glissé entre eux deux sur la banquette, il y a vu une

frontière qu'elle lui demandait implicitement de ne plus franchir. Le chauffeur a allumé la radio sur les premières notes de *The Great Gig in the Sky* ; la musique aérienne de Pink Floyd rendait soudain le paysage onirique. Il y a vingt-deux ans, à côté de Pylos, dans le Péloponnèse, Paul, un après-midi comme celui-ci, s'était promené au milieu du maquis. Les graviers crissaient sous ses pieds. Le soleil frappait son visage. Un insecte volait à son oreille. Saisi par la beauté du monde, son corps et son esprit en harmonie avec la nature, jamais il n'avait eu à ce point conscience d'exister et d'occuper une place dans l'univers dont il ressentait dans tout son être la magie et la grandeur.

Alors que le taxi faisait demi-tour et s'éloignait dans un nuage de poussière, Paul et Ninon ont franchi la rangée de pins qui les séparait de la plage. Comme à chaque week-end celle-ci grouillait de monde et partout les conversations bruissaient. La main en visière, Paul cherchait un endroit où s'installer. Le sable était brûlant et Ninon, qui avait retiré ses tongs, dansait d'un pied sur l'autre. Quand elle tournait la tête vers lui, il ne savait, à cause de ses lunettes noires, si elle le regardait ou si elle regardait ailleurs. Une dispute entre Français a éclaté. Elle a montré son agacement.

— Allons plus loin, dit-il, curieux de savoir ce que cachait la barrière de rochers qu'il venait de repérer à l'autre bout du rivage.

Le soleil pesait sur eux et Paul et Ninon marchaient doucement en faisant attention de ne pas buter sur quelqu'un. Là-bas, des grappes d'enfants piaillaient dans l'eau et des adultes, pour avoir la paix, nageaient au large. Arrivé devant la barrière, Paul, en escaladant les rochers, a découvert une crique déserte. Dans cet îlot préservé, Ninon a déplacé des galets pour aménager un espace où étendre les serviettes.

Elle a ôté son short et sa tunique. Ses seins avaient bruni et ses aréoles enduites d'Ambre solaire accrochaient la lumière. Quand elle s'est retournée, il a vu des griffures sur son dos.

— J'ai été piquée à Porquerolles, expliqua-t-elle en surprenant son regard.

Elle n'aurait su dire si c'était un moustique ou une araignée, mais elle n'avait cessé de se gratter pour calmer ses démangeaisons.

Elle a sorti de son sac *Le Bel Été* et Paul s'est rappelé l'après-midi où, avec Chiara, à Turin, ils s'étaient rendus à l'hôtel Roma, piazza Carlo Felice. Assis sur la terrasse devant un verre d'asti *spumante*, ils avaient eu une pensée pour Cesare Pavese – un des écrivains préférés de Chiara – qui, le 27 août 1950, dans la chambre 43, au premier étage, s'était suicidé en avalant des somnifères après qu'une « amie » appelée au secours avait refusé de le voir « parce qu'il était beaucoup trop ennuyeux ». Durant cette même semaine dans la capitale pié-

montaise, Paul, en souvenir de sa lecture de *Si c'est un homme*, avait voulu se recueillir devant l'immeuble en brique du Corso Re Umberto 75, dans le quartier de la Crocetta, où, le 11 avril 1987, Primo Levi, en pleine dépression, s'était tué en se jetant dans la cage d'escalier.

En appui sur ses coudes, Ninon appréciait le spectacle du ciel et de la mer. Paul, à côté d'elle, paraissait encore plus blanc. Quand il s'est allongé, elle lui a demandé de se mettre sur le ventre et elle a sorti de son sac le tube d'Ambre solaire.

— À cette heure le soleil est terrible, dit-elle en étalant la crème sur sa nuque et ses épaules. Ce serait dommage que tu attrapes des brûlures dès le premier jour.

Sa main s'attardait aux endroits les plus exposés pour que l'Ambre solaire pénètre la peau. Elle descendait sur les reins, s'aventurait sous les aisselles, remontait jusqu'au cou.

— À ton tour, maintenant !

La voix de la jeune femme, qui lui présentait son dos, a tiré Paul de sa torpeur.

— Tu es déjà bronzée !

— Je peux faire mieux ! assura-t-elle comme si elle se fixait un objectif dont elle attendait une transformation surnaturelle.

Elle a relevé ses cheveux et derrière son oreille perlait une goutte de sueur qu'il aurait aimé recueillir sur le bout de sa langue. Ninon avait-elle jamais été aussi désirable ? Paul a pris sur lui pour ne pas

approcher ses lèvres de sa peau que la crème rendait encore plus soyeuse.

— Merci, dit-elle en laissant retomber ses cheveux.

Elle a rangé le tube dans son sac puis, revenue à sa position initiale, elle a ouvert son livre.

Ninon s'avançait entre les rochers. Tout, devant elle, était d'une transparence turquoise. La main en coupelle, elle s'est baissée pour prendre de l'eau et mouiller son ventre, et après quelques étirements, elle a plongé.

Elle nageait un crawl impeccable et s'éloignait en décrivant une courbe vers la gauche. Elle rapetissait à vue d'œil et Paul sentait l'inquiétude le gagner. Machinalement il a jeté un coup d'œil sur sa serviette où l'attendaient ses lunettes noires et *Le Bel Été*. Elle faisait maintenant la planche en observant sur la côte un détail qu'il ne pouvait distinguer depuis la crique. Plus loin, quatre baigneuses dont les rires résonnaient à la surface de l'eau nageaient autour d'un canot pneumatique.

— Attention aux oursins ! lança Ninon après que Paul se fut levé pour la rejoindre.

Elle esquissait des mouvements de brasse et tournait sur elle-même. Il est entré dans la mer en scrutant le fond tapissé de taches brunes.

— Tout va bien ? demanda-t-elle lorsqu'il s'est approché. Les petites bêtes ne t'ont pas piqué ?

Aujourd'hui le sourire moqueur de Ninon, qui l'avait séduit chez Adèle et Félix, intimidait Paul.

— Tout va bien ! affirma-t-il même s'il avait trouvé le moyen de se blesser le genou sur un rocher.

La mer était tiède et il éprouvait sous l'eau une sensation de légèreté. Ninon improvisait un dos crawlé. Bientôt ils ont nagé ensemble face à l'horizon.

— N'est-ce pas le bonheur sur Terre ? ironisa-t-elle en montrant au loin la plage où il y avait encore plus de monde que tout à l'heure. Quelle chance nous avons d'échapper à ce cauchemar !

La crique, entre ses parois rocheuses, était un écrin où le sac rouge de Ninon reposait au milieu des galets comme un rubis parmi des perles. Au-delà, un décor millénaire de cailloux, de sable, d'herbes et de résineux se découpait dans toute sa splendeur. Ils ont fait demi-tour. À mesure qu'ils se rapprochaient du bord, ils voyaient les collines s'élever au-dessus d'eux et les rochers prendre l'apparence d'animaux préhistoriques. Lorsque Ninon l'a dépassé, Paul a remarqué l'auréole de lumière qu'elle promenait autour de ses épaules.

Elle lisait en enroulant au bout de son doigt une mèche de cheveux qui dégringolait sur sa joue. Les sourcils froncés, elle était enfermée en elle-même et quand elle tendait le bras vers la bouteille d'eau son détachement donnait à Paul le sentiment d'être

importun. Il essayait lui aussi de lire – en souvenir de leur rencontre il avait apporté *Paris est une fête*, d'Ernest Hemingway –, mais, troublé par son corps nu, il ne pouvait s'empêcher, toutes les deux lignes, de lever les yeux sur la jeune femme. La certitude qu'elle l'aurait repoussé s'il avait essayé de la caresser rendait pourtant insoutenable la contemplation de Ninon et bientôt il a préféré regarder ailleurs. Elle a posé son livre et s'est allongée sur sa serviette. Incapable de lire, il s'est lui aussi étendu au soleil pour dissiper la sensation de froid qui l'envahissait. Là-bas, les quatre baigneuses et leur canot pneumatique avaient disparu. Seul le clapotis de l'eau contre les rochers troublait le silence dans la crique.

Un masque de plongée sur le front et l'embouchure de leur tuba sous le menton, deux garçons armés de fusils sous-marins sont apparus. Le soleil et le sel avaient décoloré leurs cheveux et leurs maillots de bain fluorescents soulignaient leur teint mat. Ils ont disposé sur une pierre les poissons qu'ils venaient de pêcher et ils se sont assis. Ils échangeaient quelques mots dans une langue inconnue. Paul, en les observant, se revoyait avec Bruno, en Méditerranée, il y a trente ans. Il a attendu leur départ pour aller se tremper les pieds. Ninon l'a rejoint.

— Tu viens te baigner ?

Plus tard, ils ont traversé la plage où il n'y avait presque plus personne. Le soleil jetait sur le sable ses derniers rayons. Un frisson parcourait la mer jusqu'à l'horizon. Des parents jouaient dans l'eau avec leurs enfants. Les quatre jeunes filles bavardaient à côté de leur canot pneumatique. Derrière la rangée de pins résonnaient dans le soir qui tombait des rires et des claquements de portières.

Ninon est sortie de la salle de bains, une serviette autour de la taille. Alors qu'elle se dirigeait vers l'armoire, Paul, dans un élan d'amour et de désespoir, l'a entraînée sur le lit. Allongé sur elle qui regardait au plafond sans réagir, il a mordillé dans l'odeur du savon à la lavande le bout de ses seins. Puis, écartant la serviette, il a promené ses lèvres sur son ventre comme il en avait rêvé tout l'après-midi dans la crique. Quand il a voulu lui caresser le sexe avec la langue, elle lui a donné un coup de genou qui l'a envoyé par terre.

— Qu'est-ce qui te prend ? hurla-t-il en se massant la clavicule. Tu es folle !

Il s'est relevé d'un bond et l'a saisie par le poignet pour la tirer hors du lit.

— Pourquoi, depuis hier, t'esquives-tu quand je m'approche ?

Debout au milieu de la chambre, dans la position du lutteur avant un combat, Paul attendait une explication.

— Tu me fais mal ! gémit Ninon qui avec sa main libre se cachait derrière sa serviette.

Il a lâché son poignet et comme s'il la menaçait d'une arme elle s'est reculée jusqu'à l'armoire sans le quitter des yeux. L'espace de quelques secondes, le temps a paru suspendu. Puis elle a pris sa respiration et rassemblé son courage.

— Je viens de passer une semaine avec mon mari, dit-elle, et mes sentiments pour toi ont changé.

— Qu'est-ce que tu racontes ? s'étrangla Paul, le visage brusquement décomposé. Les sentiments ne changent pas comme ça !

— Il faut croire que si.

Chez ses parents, Ninon, qui voulait garder secrets ses problèmes conjugaux, avait partagé sa chambre avec Thaddée. Un soir où, après qu'ils eurent éteint la lumière, une main s'était hasardée sous sa chemise de nuit – elle avait renoncé, pour l'occasion, à dormir nue –, elle s'était d'abord tournée vers le mur en regrettant que ce ne fût pas la main de Paul. Cinq minutes plus tard, alors qu'elle basculait dans le sommeil, son mari l'avait à nouveau caressée et bientôt ils avaient retrouvé les gestes qui faisaient de leurs étreintes un éblouissement.

— Tu m'avais dit que c'était fini entre vous ! s'énerva Paul dont ces confidences attisaient la jalousie.

— Je te disais la vérité.

— Comme pour les piqûres sur ton dos ! cingla-t-il en comprenant d'où lui venaient ses griffures.

Alors qu'il la mettait face à ses mensonges et ses contradictions, Ninon demeurait imperturbable.

— Je me suis trompée, admit-elle. Rien n'est fini.

« Au contraire, aurait-elle pu ajouter. Tout recommence. »

— Je tiens à mon mari et lui aussi il tient à moi. Le quotidien nous avait détournés l'un de l'autre, mais notre amour, comme nous avons pu le vérifier, est intact.

À Porquerolles, la vie avait offert à Ninon et Thaddée un nouveau départ. Là-bas, en effet, ils s'étaient retrouvés comme aux premiers jours de leur mariage.

— Ferdinand était ravi d'avoir ses deux parents pour l'emmener se baigner et partager ses jeux. Et c'était, pour son père et moi, une satisfaction d'enchanter ses vacances. Mes parents, que j'ai toujours vus très unis, sont pour moi un exemple de constance et d'équilibre auquel je suis attachée. C'est pourquoi je tiens plus que tout à ma famille et je ne veux pas la détruire pour une foucade.

Ninon avait beau les prononcer calmement, ses mots étaient comme des coups qui pleuvaient sur la tête de Paul sans qu'il pût s'en protéger – à Orly, il avait eu raison, en voyant briller son alliance, d'avoir un mauvais pressentiment.

— Quand je pensais à nous deux, poursuivit-elle,

je sentais s'évanouir tout ce que j'avais éprouvé pour toi et j'étais bouleversée. Comment mon cœur, où tu avais occupé tant de place, pouvait-il être à ce point changeant ? Prenant conscience que nous faisions fausse route et que cette histoire ne nous mènerait nulle part, la perspective de m'envoler pour la Grèce, alors que j'étais heureuse entre mon mari et mon fils, m'a paru absurde. Je me sentais coupable à l'idée de leur fausser compagnie.

Les circonstances avaient-elles rapproché Ninon de Thaddée pour mieux l'en éloigner ? Les retrouvailles avec lui n'étaient-elles qu'un feu de paille ? Ces questions, malgré tout, n'avaient cessé de la tarauder.

— Peut-être gardais-je l'espoir que mon attirance pour toi me jetterait à nouveau dans tes bras. Malheureusement, cette attirance, quand je t'ai retrouvé à l'aéroport, avait disparu.

Hier matin, Paul, dans le taxi qui l'emmenait à Orly, était le roi du monde. Ce soir, tombé de son trône après que Ninon l'eut mené en bateau – c'était le cas de le dire... –, il se rappelait les mots de Félix à propos de la jeune femme :

« Ravissante, mais dangereuse... »

Les faits donnant tort à son ami, Paul, enivré d'*Heure bleue*, avait oublié sa remarque. Et voilà que deux mois plus tard, avec une ironie cruelle, celle-ci lui revenait à l'esprit comme un boomerang. Au moment où la vie lui souriait à nouveau, une fois encore le bonheur lui filait entre les doigts.

Quel con ! Pourquoi n'avoir pas écouté ce qui n'était autre qu'un avertissement – il venait de le comprendre ?

Toujours cachée derrière sa serviette, Ninon n'avait pas bougé.

— La dernière fois que nous nous sommes parlé, reconnut-elle, j'aurais dû te dire les choses...

Lorsqu'elle avait téléphoné en cachette, elle aussi, pourtant, était impatiente de partir. N'avait-elle pas répété à Paul combien elle avait hâte, entre deux bains de mer, de découvrir Paros ?

— Pour cela, avait-il plaisanté, il faudrait que je te laisse sortir du lit !

Le rire de la jeune femme, au moment de raccrocher, résonnait aujourd'hui comme un glas dans la tête de Paul.

— Je comprends ta déception, dit-elle. Je te propose un voyage en amoureux et arrivée ici je t'annonce que je ne t'aime plus. Comment ne pas me sentir fautive ?

— Fin du voyage en amoureux ! À présent, que fait-on ?

Dans le regard de Paul, le chagrin finissait par l'emporter sur la colère.

— Le ciel est bleu. La mer est verte. Maintenant que nous sommes là, pourquoi ne pas essayer de profiter de notre séjour ? Et qui sait, peut-être mon désir reviendra-t-il...

Humilié que Ninon lui donne de faux espoirs

comme une aumône à un mendiant, Paul, pour ne pas la gifler, a attrapé sur le bureau de la chambre le cendrier du palais Jamaï et l'a brisé de toutes ses forces contre le mur.

Paul, entre deux virages, plongeait son regard dans la mer insondable. Au pied des collines fauves où ils dessinaient un chapelet d'ombres, les arbustes se consumaient dans la chaleur. Plus loin, à côté d'une villa flanquée d'une tour, un pavillon, en haut d'un mât, dominait les environs.

Après qu'une voiture lui a coupé la route, Paul a ralenti. Assise derrière lui, Ninon l'entourait de ses bras et il sentait sur son épaule la pression de son menton.

— Tu n'as pas peur ? demanda-t-il en se penchant vers elle.

— Non ! cria-t-elle à son oreille. Je profite de la vue !

Elle dormait encore, ce matin, quand il avait quitté la chambre. Dans les ruelles, des fillettes jouaient à la marelle devant l'entrée d'une maison tandis que des hommes lisaient le journal avant d'aller travailler. Arrivé sur le port, il s'était dirigé vers l'embarcadère au-delà duquel se trouvait le loueur

de scooters. Un Highspeed des Hellenic Seaways était amarré devant le quai. La traversée depuis Le Pirée semblait déjà si loin…

Les chaises étaient renversées sur les tables à la terrasse du Bountaraki. Hier soir, quand Ninon se rapprochait pour picorer dans son assiette des morceaux de biscuit au miel et aux amandes, Paul avait envie de lui mordiller l'oreille. L'aigue-marine qu'elle portait chez Adèle et Félix était réapparue à son doigt comme si elle voulait cacher son alliance. Elle restait cependant inatteignable et son sourire et le parfum de *L'Heure bleue* le renvoyaient à son chagrin.

Il était tard lorsqu'ils rentrèrent dormir. Sur les trottoirs, une lumière blafarde signalait la présence d'un marchand d'épices, de graines ou de nougats, devant lequel le flot des touristes s'écoulerait encore pendant des heures. Plusieurs fois Paul faillit perdre Ninon qui sans prévenir s'arrêtait devant une vitrine ou entrait dans une boutique. Puis elle réapparaissait au milieu de la foule et se pendait à son bras pour qu'il l'aide à marcher jusqu'à l'hôtel.

Elle dormait toujours au moment où le loueur de scooters avait glissé dans un tiroir de son bureau le permis de conduire de son client et le formulaire qu'il venait de lui faire signer. Après quoi l'un de ses employés rapporta du garage, au fond de la cour, un Piaggio dont il expliqua le maniement pendant de longues minutes comme s'il s'adressait à un demeuré – « Ai-je l'air à ce point idiot ? » s'in-

terrogea Paul – ou confiait les commandes d'un sous-marin nucléaire.

Le meltem se levait sur la route de Voutakos et dans l'air tiède flottaient les odeurs du maquis. Ninon s'est blottie contre Paul dans une étreinte trompeuse.

En haut d'une côte, ils ont découvert une plage au-dessus de laquelle dansaient des cerfs-volants.

— Regarde ! s'exclama Ninon en tendant le bras. Qu'est-ce que c'est ?

À droite, un chemin de terre s'enfonçait dans la verdure jusqu'à la mer.

— Allons voir ! répondit Paul en s'y engageant.

Le sol était cabossé et le scooter bondissait sur les pierres. La végétation, recouverte d'une poussière blanche, montrait que les deux-roues étaient nombreux à passer par là. Ninon avait plaqué ses mains sur le torse de Paul et ce dernier la sentait se raidir à chaque fois que le Piaggio dérapait sur les graviers ou manquait heurter un rocher. Lorsqu'un trou qu'il n'avait pu éviter les a fait décoller de la selle et retomber lourdement, elle a laissé échapper une plainte. À mesure qu'ils descendaient vers le rivage, Antiparos, de l'autre côté de la mer, se rapprochait, comme à portée de main. À la plage, où partout des voiles étaient déployées sur le sable, Paul a garé le scooter devant un muret. Entre deux rangées de drapeaux, un panneau indiquait : Paros Kite.

Ninon a ôté son casque.

— Il était temps qu'on arrive ! dit-elle en se massant les reins. J'ai le dos en miettes !

Debout dans l'eau, des surfeurs que des sangles reliaient aux cerfs-volants s'apprêtaient à rejoindre sur les flots les véliplanchistes en train de s'envoler dans les airs ou d'exécuter des demi-tours spectaculaires.

— Tu veux essayer ?

Ils ont longé la mer jusqu'à ce que le rivage ne soit plus qu'une étroite bande de sable devant laquelle oscillaient trois bateaux à l'ancre. Son ombre accrochée à ses pieds, Ninon s'amusait à sauter dans les vagues. Le vent soulevait ses cheveux et collait sa robe sur ses cuisses.

« Qu'y a-t-il de plus sexy, se demanda Paul, qu'une jolie fille avec un casque sous le bras ? »

Ninon a refermé le tube d'Ambre solaire.

— Avec ce soleil, se réjouit-elle, nous serons noirs à la fin de la semaine !

Elle ne perdait pas de vue son objectif.

Depuis qu'elle s'était déshabillée, la même sensation de froid qu'hier, devant son corps nu, se mêlait au désir de Paul. Pendant qu'elle lisait *Le Bel Été*, il la contemplait douloureusement et son regard, qui s'attardait sur ses seins puis glissait entre ses cuisses, empruntait le chemin qu'aurait voulu suivre sa main.

— Tu as laissé tomber *Paris est une fête* ?

Ninon, derrière ses lunettes noires, regardait Paul

la regarder, et elle essayait de détourner son attention.

— Quelle fournaise ! soupira-t-elle en attachant ses cheveux. Même le vent est trop chaud !

Elle s'est levée.

— Tu viens nager ?

— Plus tard.

Dans une immobilité parfaite, elle considérait les algues autour des rochers. Elle s'est baissée pour recueillir de l'eau et mouiller son ventre. Au lieu de plonger, elle est revenue sur ses pas.

— Tu devrais te baigner, dit-elle. La mer est délicieuse.

Et incomparable, la vue qu'avait Paul entre les jambes de la jeune femme debout devant lui.

Elle a froncé les sourcils.

— Tu fais la tête ?

— Non.

— Alors viens, a-t-elle insisté en le tirant par la main.

Ils nageaient côte à côte, bercés par la houle. Concentrée sur son effort, Ninon accordait sa respiration à ses mouvements de brasse et son souffle se mêlait au clapotis de l'onde. Quand elle tournait la tête vers Paul, ses yeux étaient comme deux miroirs où se reflétait l'eau verte.

— On dirait l'étrave d'un navire en train de sombrer, dit-elle en désignant l'angle que formait à l'horizon un massif rocheux.

Elle a pris de l'avance et bientôt il n'a plus vu d'elle que son dos où saillaient les muscles et la masse sombre de ses cheveux qui dégouttaient sur sa nuque.

Ils barbotaient près du rivage. Devant des maisons enfouies sous les palmiers, un Chris-Craft attendait au pied d'un ponton. La bouche ouverte et le geste lent, Ninon décrivait de petits cercles. La lumière clignotante, autour d'elle, donnait l'illusion que des diamants chatoyaient au fond de la mer. Alors qu'elle basculait pour faire la planche, Paul lui a volé un baiser. Elle l'a repoussé brutalement et elle est sortie de l'eau.

Elle ne lui a pas accordé un regard quand il est revenu s'asseoir auprès d'elle. Allongée sur le côté, elle poursuivait sa lecture et ne bougeait que pour avaler une gorgée d'eau ou balayer d'un revers de main des grains de sable sur sa peau. Était-ce la distance qu'elle maintenait ? Le chuintement des pages au milieu du silence ? En plus de la sensation de froid, qu'un mot aurait suffi à dissiper, Paul éprouvait un sentiment de déréliction.

Pour se distraire de Ninon – de son manque de Ninon –, il a considéré la nature autour de lui. Le soleil illuminait le monde. Le relief s'évanouissait dans la brume. Il aurait aimé retrouver l'insouciance d'autrefois, quand sa vie n'était encore qu'une promesse. Il avait alors le temps de rêver, d'espérer. Le temps de s'égarer, de se tromper. Le temps de prendre ou de perdre son temps. Seul

importait le présent, et pour le reste, il verrait plus tard. Aujourd'hui, arrivé à la moitié de son existence, il était privé de cette légèreté qui ne reviendrait jamais. Les lieux avaient changé. Des femmes s'étaient envolées. Des amis étaient morts.

— Ce n'est pas le temps qui passe, lui avait dit l'un d'eux. C'est nous qui passons.

Dans ce paysage qui lui offrait une image de l'éternité, Paul en avait la confirmation.

Les couleurs, les lumières, les odeurs : tout, dans ce paradis, suscitait l'amour, mais Ninon continuait à lire comme si de rien n'était. Las de son désir devenu pour eux deux un fardeau, et incapable d'ouvrir son livre, Paul s'est allongé en essayant de ne penser à rien.

Lorsqu'il a rouvert les yeux, elle se promenait sur le sable où jouaient des enfants dont le vent balayait les rires. Elle s'est arrêtée, et, le corps tendu, elle a fait des exercices de gymnastique. Là-bas, un couple d'une vingtaine d'années marchait en se tenant la main. Le garçon, torse nu, avait les cheveux longs, et son jean était mouillé jusqu'aux genoux. Coiffée d'un Borsalino, la fille portait une chemise indienne et ses jambes hâlées – dont le mouvement était à lui seul un spectacle – se découpaient sur l'eau turquoise. Le garçon étreignait la fille et relevait les bords de son chapeau pour l'embrasser.

« A-t-il seulement conscience de sa chance ? » se demanda Paul, le cœur serré.

Les mains croisées derrière la tête, il a écouté les bruits alentour. La respiration de la mer et le souffle du vent étaient ceux de jadis, dans le Péloponnèse, et le ciel, aussi bleu, était comme une peinture dont la couleur aurait résisté au temps.

Après qu'ils avaient fait l'amour pour la troisième fois de la journée, elle enfilait un paréo et sortait prendre l'air sur la terrasse de la chambre. Les montagnes dressées au-dessus de la mer. Les jardins envahis de plantes succulentes. Les barques des pêcheurs alignées le long du quai… Lipari, dans la lumière de l'après-midi, était un enchantement. Quand plus tard, sur la plage, elle dévorait une tranche de melon, Chiara ressemblait à un petit animal sauvage.

— N'est-elle pas magnifique ?

La voix de Ninon, qui lui présentait dans sa main l'étoile violette qu'elle venait de trouver dans l'eau, a sorti Paul de sa rêverie.

— On croirait de l'améthyste !

À nouveau détendue, elle souriait et l'Ambre solaire blanchissait les ailes de son nez.

— Si tu la veux, dit-elle, je te l'offre en souvenir.

« En souvenir de quoi ? eut-il envie de lui demander. Du cauchemar que tu m'auras fait vivre ? »

Comme il ne répondait pas, elle a refermé sa main sur l'étoile.

— On va déjeuner ? proposa-t-elle. Je meurs de faim.

Ornée d'une glycine qui courait sur toute sa façade, la villa, comme repliée sur elle-même, tournait le dos à la rue. De chaque côté de la terrasse où était dressée la table du dîner, les derniers rayons de soleil illuminaient au pied d'un cyprès les hortensias et les bougainvillées. Était-ce parce que Alice et Bruno lui en avaient souvent parlé ? L'endroit était tel que Paul l'avait imaginé. Le murmure de l'arroseur automatique, sur la pelouse, a accompagné les deux couples jusqu'aux fauteuils en rotin installés sous un mûrier. Un ciel de feu recouvrait la mer. L'appentis, derrière une haie de volubilis, était remis à neuf.

— Je tenais, plaisanta Bruno, à ce que ce soit impeccable pour votre arrivée !

Il a rempli les coupes et glissé la bouteille de Drappier dans le seau à glace, puis tout le monde a trinqué.

— Je te remercie d'avoir sauvé notre été ! lança avec perspicacité Alice à Ninon. Sans toi, j'en suis

sûre, Paul nous aurait fait faux bond cette année encore !

— Ce garçon, enchaîna son mari, est étonnant ! Aller aux Marquises ou au Japon pour tourner un film ne lui pose aucun problème…

— … Mais venir en Grèce saluer de vieux amis, poursuivit Alice, c'est une autre histoire !

— De peur de s'ennuyer avec nous, suggéra Bruno, sans doute attendait-il d'être bien accompagné !

Détournant son regard pour éviter celui de Paul, Ninon a bu une gorgée de champagne. Rien, toutefois, ne laissait deviner la scène qui les avait opposés hier soir dans leur chambre.

Après s'être éclipsés, les enfants sont revenus sous le mûrier. Un verre de grenadine à la main, ils restaient silencieux et observaient les invités avec curiosité – ils étaient petits, la derrière fois qu'ils avaient vu Paul, et son visage ne leur disait plus rien. Alors qu'Arthur offrait des olives noires et des biscuits salés, Flore, sa tête blonde appuyée sur l'épaule de son père, continuait à fixer les deux inconnus assis devant elle. La fillette – dont il ne paraissait plus rien de l'insolation – était en effet le portrait d'Alice, et déjà on devinait dans ses attitudes et ses expressions l'adolescente puis la femme qu'elle deviendrait. Elle finissait de grignoter une pistache quand son frère, armé d'un pistolet en plastique, est parti tuer des gangsters au fond du jardin.

Quelques instants plus tard, elle s'est dirigée vers la terrasse où l'attendaient ses poupées.

Paul, en regardant Ninon et Bruno, pensait aux yeux lumineux qu'auraient pu avoir leurs enfants. Assise en face de lui dans des effluves de *Nahema*, Alice, dont la robe fuchsia accentuait le hâle de sa peau, était toujours aussi séduisante et son sourire le ramenait à Paris, il y a dix-huit ans. Ses joues creuses et ses pattes-d'oie brouillaient cependant l'image de la jeune femme au front bombé et au nez droit que lui avait présentée son ami un soir de février, place Denfert-Rochereau.

— Ça me fait tellement plaisir ! dit-elle. Raconte-moi ce que tu deviens !

Alice, en écoutant Paul, se rappelait elle aussi les moments vécus ensemble autrefois et des images lui revenaient en mémoire.

— Peut-être y a-t-il en toi une geisha qui sommeille ! railla-t-il après qu'elle lui eut dit son impatience de retourner au Japon. À moins que tu nourrisses une passion secrète pour les sumos !

— Va savoir !

La lumière baissait et le jardin glisserait bientôt dans la pénombre. Au-dessus de la mer bleu foncé, l'horizon était comme une barre de fer rougie par un forgeron. Les premières étoiles clignotaient dans le ciel de Paros.

— J'avais oublié, reconnut Paul, à quel point ce pays est merveilleux. Les années passent sur la Terre et l'abîment un peu plus chaque jour, mais

la Grèce ne change pas. Il y a dans cette pérennité quelque chose de réconfortant.

Alice a posé la main sur l'accoudoir de son fauteuil et ses ongles nacrés étaient comme des dents étincelantes.

— Toi non plus, dit-elle avec douceur, tu ne changes pas ! C'en est même vexant pour les autres !

— Paul nous enterrera tous ! annonça Bruno en remplissant à nouveau les coupes.

Avant d'ajouter avec une grimace :

— Je te plains ! Vivre sans nous, quel cauchemar !

— Il a l'air de s'y faire ! s'exclama Alice sous les rires.

La bouteille de Drappier était vide quand Flore, enfin disposée à se laisser apprivoiser, a traversé la pelouse et s'est approchée de Ninon.

— Tu viens voir mes poupées ?

— Avec plaisir !

La jeune femme s'est levée et pour la première fois un sourire a éclairé le petit visage de la fillette.

— Comment s'appelle celle-ci ? demanda Ninon tandis que Flore allait et venait en lui montrant ses poupées.

— Angèle.

— Et celle-là ?

— Suzanne.

— Elles sont sœurs ?

— Oui, répondit Flore après une hésitation. Depuis aujourd'hui.

— Hier, insista Ninon en gardant son sérieux, elles étaient seulement amies. N'est-ce pas ?

— Non ! Elles étaient cousines !

— Bien sûr ! Où ai-je la tête ?

— Dans la lune ! répondit drôlement la fillette.

Depuis deux jours Ferdinand manquait beaucoup à Ninon et elle trouvait auprès de Flore un peu de réconfort.

« Quelle mère est-elle ? se demanda Paul en la contemplant. Quels mots, quels gestes échange-t-elle avec son fils ? »

Vêtue d'une chemise rouge et d'un pantalon blanc, elle était ravissante avec son chignon qui se découpait sur le mur lorsqu'elle se tenait de profil.

— Je l'ai fait pour toi, avait-elle dit à Paul en lui présentant sa nuque au moment où ils s'en allaient rejoindre Bruno à la réception de l'hôtel.

Ninon, sous l'œil amusé de Flore, berçait Suzanne en imitant les pleurs d'un nourrisson comme elle le faisait jadis avec Patricia. Elle aussi avait les cheveux noirs et les yeux gris qui se fermaient quand on la couchait. Ses parents la lui avaient rapportée de Las Vegas, et Ninon, qui ne s'en séparait jamais, avait connu l'un de ses plus gros chagrins d'enfant quand sa poupée avait disparu lors d'un déménagement.

Elle a encore joué un moment avec la fillette, puis elle est revenue s'asseoir sous le mûrier. L'arroseur automatique s'était tu. *Nahema* et *L'Heure bleue* se mêlaient aux senteurs du jardin. Arthur avait éli-

miné tous les gangsters de Paros. Le dîner serait bientôt servi.

— Je peux t'aider ? proposa Ninon tandis qu'Alice se dirigeait vers la cuisine.

— Tout va bien. Je te remercie.

La salade avalée sur le port d'Aliki était loin et l'odeur de la viande grillée qui flottait dans l'air du soir aiguisait l'appétit des invités.

La flamme du photophore dessinait des ombres sur la nappe.

— Le gratin de courgettes, dit Ninon, est exceptionnel !

— Et le parfum de la fleur de thym, ajouta Paul, donne aux côtelettes d'agneau un goût exquis !

— Vraiment ? s'étonna Alice comme si le dîner s'était fait sans elle. C'est pourtant simple !

— En cuisine comme ailleurs, rappela Bruno au cas où sa femme l'aurait oublié, faire simple est ce qu'il y a de plus difficile !

— Et plus c'est simple, approuva Paul entre deux gorgées de rapsani, meilleur c'est !

Alice revenait de couper du pain quand Ninon, sur l'insistance de Bruno qui n'avait jamais croisé d'archéologue, a raconté ses missions et ses découvertes.

— Il existe à Parikia, conclut-elle, une ancienne poterie de l'époque hellénistique où l'on fabriquait des céramiques. Si cela vous intéresse, je vous y emmènerai.

— Bien sûr que cela nous intéresse ! répondit Alice.

Bruno avait remarqué l'alliance que Ninon faisait tourner à son doigt – ce soir, l'aigue-marine était restée à l'hôtel –, et comme si de rien n'était il a échangé avec Paul le même sourire que le jour de la rentrée des classes où ils s'étaient connus au lycée Montaigne.

Son cartable à la main, Bruno avait tout de suite repéré Paul parmi les centaines d'élèves qui se pressaient dans la cour de l'établissement.

— Je te présente ma mère, avait-il annoncé en désignant la femme à la belle chevelure blonde qui l'accompagnait.

Quelques minutes plus tôt, ils étaient descendus d'un cabriolet 304 gris métallisé garé en double file rue Auguste-Comte. Leurs silhouettes, sous le soleil, se détachaient de la foule alentour et quand il se rappelait le moment où ils avaient longé le trottoir et franchi la porte du lycée, Paul croyait revoir un film au ralenti. Une liste de noms affichée sur un tableau indiquait que les deux enfants feraient ensemble leur sixième. Sans se concerter, ils s'étaient assis côte à côte dans la salle de classe où M. Dulac, le professeur de français, accueillait les élèves. Comment, ce matin-là, Paul et Bruno, alors âgés de onze ans, auraient-ils pu imaginer que leur amitié naissante survivrait à la distance, au temps et au silence ? Comment auraient-ils pu deviner que

trente-quatre ans plus tard ils se rappelleraient leur rencontre sur une île grecque ?

Ninon a profité de ce qu'ils évoquaient ces jours anciens pour demander à Bruno quel adolescent était Paul. Sa curiosité – insatiable, semblait-il – était celle d'une femme désireuse de tout connaître de l'homme qu'elle aime. Sous la table, pourtant, elle déplaçait sa jambe quand par hasard le genou de Paul effleurait le sien. Las de la voir jouer la comédie, ce dernier, pour qu'elle arrête son numéro, avait envie de l'embrasser ou de lui prendre la main devant ses amis. Sentant peut-être les ondes négatives qu'il lui envoyait, ou consciente d'aller trop loin, elle a fini par se taire.

Un satellite se promenait au milieu des étoiles. Un souffle d'air balayait le jardin. Les enfants, dans le salon, regardaient *Les Aristochats*. Bruno ouvrait une autre bouteille de vin.

— Que devient le parc Montsouris ? demanda Alice comme si elle prenait des nouvelles d'une vieille connaissance.

— Il attend ta visite, répondit Paul, soudain renvoyé à l'époque où ils empruntaient ensemble ses allées.

Sitôt passé les grilles, la jeune femme entraînait les deux garçons devant le bassin que dominaient les immeubles de la rue Gazan. Une tortue escaladait une pierre. Des canards sillonnaient l'eau verte. Les saules pleureurs frémissaient dans le

vent. Aux beaux jours, Alice dépliait une nappe à carreaux et sortait de son panier des assiettes et des gobelets en carton. Elle avait cuit des œufs, préparé une salade de riz, découpé des tomates, acheté du jambon blanc et aussi une bouteille de gamay et une autre de Badoit. Au dessert, Paul et Bruno reprenaient plusieurs fois du gâteau au chocolat et ils étaient comblés lorsque Alice servait le café qu'elle gardait au chaud dans une Thermos. Tous les trois allongés sur l'herbe, ils repéraient ensuite les nuages dans le ciel d'été jusqu'à ce que le sommeil les surprenne.

Plus tard, ils quittaient le parc et flânaient dans les ruelles voisines. Impasse Nansouty, le jasmin en fleur embaumait devant les villas et des bruits de vaisselle se mêlaient au tintement des couverts. Lentement ils se dirigeaient vers la Cité universitaire pour admirer une fois encore le pavillon Deutsch de la Meurthe. Au 30 boulevard Jourdan, Bruno s'inventait une vie.

— Un jour, projetait-il en imaginant les pièces derrière les fenêtres, j'habiterai cette maison !

Le flot des voitures s'écoulait sur le boulevard.

— La circulation, se moquait Alice, t'empêchera de dormir et tu finiras dingue !

Paul préférait la villa rose, au 3 rue du Parc-Montsouris, qui lui rappelait son premier séjour à Nice lorsqu'il était enfant.

Jamais ils n'avaient autant marché dans Paris. Le goût de l'aventure les menait parfois à la Cité fleurie,

à la Ruche ou à la Butte-aux-Cailles, mais toujours ils retrouvaient avec plaisir le XIVe arrondissement. Place Victor-et-Hélène-Basch. Rue Alphonse-Daudet. Rue Sarrette. Rue de l'Aude. Leur itinéraire était souvent le même et il fallait de la neige pour qu'ils se croient dans une ville étrangère. D'ailleurs, Alice, avec sa toque et son manteau au col en fourrure, ne venait-elle pas de descendre d'un traîneau après avoir traversé la steppe…

Oui, c'était pour eux une période heureuse. Ses études à la FEMIS avaient passionné Paul, et, ses premiers travaux recevant un accueil favorable, il commençait à nouer parmi les documentaristes des contacts précieux pour l'avenir. Quant à Alice et Bruno, depuis leur coup de foudre devant la porte de Brandebourg, ils profitaient de la vie en attendant de quitter la France pour l'Angleterre où Bruno deviendrait un trader particulièrement efficace.

Il faisait froid, à Paris, le 31 décembre 1999. Ce soir-là, quand Paul était passé les chercher pour aller réveillonner sur la rive droite, Alice et Bruno, qui pourtant s'étaient changés, ne voulaient plus sortir.

— Ça t'ennuie si nous restons ici tous les trois ?

Alice prépara des spaghettis et Bruno servit du tavel.

À minuit, après qu'ils l'eurent embrassé pour la nouvelle année, ses amis annoncèrent à Paul leur

mariage en juillet et leur installation à Londres en septembre. Son verre de vin à la main, Alice dansa avec les deux garçons sur les chansons de Depeche Mode. Dehors, les illuminations scintillaient dans la nuit d'hiver. Paul n'aurait pas le courage de rentrer chez lui.

Lorsque, au matin, enroulé dans une couverture, il s'approcha de la fenêtre du salon où il avait dormi sur le canapé-lit, tout était silencieux, avenue du Général-Leclerc. Les feux rouges d'une voiture s'éloignaient vers la porte d'Orléans. Les arbres que la tempête avaient arrachés quelques jours plus tôt jonchaient les trottoirs. Les mains dans les poches de son manteau, un homme se promenait seul au milieu du désastre. Les années 2000 venaient de commencer. Elles étaient une promesse autant qu'une menace. Paul se demanda ce que lui réservait l'avenir.

Il avait repensé à tout ça, le mois dernier, dans un taxi, avenue René-Coty. Il n'était pas revenu dans les parages depuis longtemps, mais rien, semblait-il, n'avait changé. Le ciel était bleu. Des taches de soleil clignotaient sur les trottoirs. Derrière ses grilles, le parc Montsouris était magnifique et Paul avait eu la tentation d'aller s'y asseoir un moment.

— Je te comprends, dit Alice. Quand Paris me manque, le souvenir de ce jardin et des heures délicieuses que nous y avons passées me procure une sensation de bonheur.

— Et puis, ironisa Bruno, la rue Georges-Braque n'est pas loin !

Comprenant l'allusion, Paul et Alice ont pouffé sous le regard interrogateur de Ninon.

Un après-midi où Alice se promenait seule dans le quartier, un homme l'avait abordée. Les cheveux blancs et le nez aquilin, il avait une voix grave et un accent anglais. Il était peintre et trouvait la jeune femme « inspirante » – c'était le mot qu'il avait utilisé. Accepterait-elle de venir chez lui pour poser nue ? À tout hasard il lui avait donné sa carte.

À quelque temps de là, Alice sonna à la porte d'un atelier rue Georges-Braque.

— Vous m'aviez demandé de passer vous voir ! dit-elle. Me voilà !

Au moment où Ed Moore, heureux de cette visite qu'il n'espérait plus, s'effaçait pour laisser entrer son « modèle » – dont la robe près du corps était elle aussi « inspirante »… –, Paul et Bruno surgirent de derrière un buisson.

— J'en épouse un des deux le mois prochain ! annonça Alice. À vous de trouver lequel !

Beau joueur, le peintre eut un sourire vaincu et serra la main des garçons qui à leur tour pénétrèrent dans son atelier.

Une grande pièce blanche dont les baies vitrées ouvraient sur un jardin. Partout des toiles inachevées reposaient contre les murs où étaient accrochées des affiches d'expositions. Sur le sol, entre

une palette et un poste de radio éclaboussés de peinture, traînaient des tubes de couleur que l'artiste n'avait pas pris soin de reboucher. Un escalier en colimaçon accédait à la mezzanine. Dans un angle, deux canapés en cuir installés devant une table basse constituaient le salon.

Ed Moore n'osa pas renouveler devant Paul et Bruno la proposition qu'il avait faite à Alice dans la rue. Il préféra évoquer Lullaby, sa femme disparue, dont un portrait était suspendu à côté de la bibliothèque. Le grattement d'une branche de cerisier contre la vitre meublait les silences de la conversation. Le peintre gardait à portée de main un crayon à papier et un carnet à spirale. Quand ses visiteurs se levèrent pour partir, il arracha une page de son carnet et offrit aux futurs mariés, avec ses vœux de bonheur, le dessin qu'il avait fait d'eux à leur insu.

— C'était de sa part une délicate attention, nota Alice en songeant au croquis exposé dans leur chambre, à South Kensington.

— Surtout, reconnut Bruno, que nous étions allés chez lui avec de mauvaises intentions !

— Il avait plus de soixante-dix ans, à l'époque, et moi vingt-cinq ! Quel culot, quand j'y pense !

— Il voulait te montrer son pinceau ! Quoi de plus normal pour un peintre ?

Alice a levé les yeux au ciel.

— Pardonne-lui ! dit-elle à Ninon. Il était moins grossier quand je l'ai rencontré !

— Tu aurais dû épouser Ed Moore, insista Bruno, sourd à la moquerie de sa femme.

— J'étais trop chère pour lui ! Tu en sais quelque chose !

— Aujourd'hui, s'amusa Paul, tu passerais le bassin à ton mari et tu le promènerais avec son déambulateur dans les allées du parc Montsouris ! Ce serait la belle vie ! Tu n'as pas trop de regrets ?

— Les regrets sont stériles ! répliqua Alice.

Les enfants sont réapparus au dessert. Les coudes sur la table, ils chassaient les insectes qu'attirait la flamme du photophore. En les observant, Paul pensait à toutes les années qu'ils avaient devant eux. Leur étoile brillerait quand la sienne s'éteindrait. Alors qu'il serait mort – et aussi Alice, Bruno et Ninon –, Flore et Arthur s'allongeraient au soleil, feraient l'amour, prendraient des avions et dîneraient avec des amis. En tombant sur une vieille photo ou en marchant dans la rue, ils se rappelleraient ceux qui les avaient précédés et ils passeraient à autre chose. Quand il était mélancolique – et c'était le cas parce qu'il avait trop bu –, Paul enviait les plus jeunes pour qui tout était encore possible. Il rêvait d'effacer, comme avec une ardoise magique, les chagrins, les déceptions, les échecs. Il rêvait de repartir à zéro et de disposer à nouveau d'un temps infini.

— C'est vrai, demanda Arthur, que tu es allé dans l'espace ?

Bruno venait de dire ce mensonge à son fils.

— Oui ! affirma Paul sans sourciller. Il y a longtemps !

— Tu as visité la Lune ?

— Et aussi Mars et Jupiter !

Les yeux écarquillés, le garçon contemplait le ciel semé d'étoiles.

— Qu'as-tu fait de ta fusée ? demanda Bruno que l'affabulation amusait.

— Je l'ai vendue ! répondit Paul. À Paris, la voiture est plus pratique !

— Ne les écoute pas ! dit Alice à Arthur. Ils te racontent des histoires !

— Vous n'avez pas honte, gronda Ninon, d'abuser de la naïveté d'un enfant !

Alice a rapporté de la cuisine une soupe de pêches blanches à la menthe et des sablés faits maison avec l'aide de Flore. Celle-ci, à la différence de sa mère, recherchait les compliments.

— Avec maman, claironna-t-elle, je fais aussi les « œufs au mimosa » !

Tout le monde a éclaté de rire.

— Je t'adore ! dit Alice à sa fille en lui baisant le front.

Grisée par son succès, Flore avait ce sourire enjôleur qui dans quelques années rendrait fous tous les garçons qu'elle croiserait. À l'autre bout de la table, Arthur, impatient d'assister au feu d'artifice, s'agitait et faisait du bruit avec sa cuillère.

— S'il te plaît, arrête de faire le singe !

Cette expression, entendue jadis chez les parents de Bruno, a ému Paul.

Les assiettes étaient vides quand son ami a raconté comment, à la fin d'un séjour à Paros, lui et Alice avaient acheté sur un coup de tête leur villa. Ils venaient de déjeuner au bord de l'eau et rentraient à l'hôtel fermer les valises. Dans une ruelle, sur les hauteurs, une ancienne ferme, dont on ne voyait depuis l'extérieur que le mur d'enceinte, était à vendre. Ayant quelques heures devant eux avant de reprendre l'avion, ils voulurent la visiter par curiosité. Elle était en mauvais état, mais sa simplicité lui donnait un charme irrésistible.

— L'île nous avait émerveillés et déjà nous avions prévu d'y revenir. Le propriétaire bradait sa maison. Nous n'avons pas hésité.

La maçonnerie, la plomberie, l'électricité, la menuiserie, la peinture, le jardin : il fallut tout refaire et des mois de travaux pour rendre l'endroit habitable.

— Nous sommes heureux ici, dit Bruno. Et si Alice est d'accord, je me verrais bien finir mes jours avec elle à Paros.

Croisant le regard de Paul, il a ajouté :

— Ça vaudra les promenades avec un déambulateur dans les allées du parc Montsouris !

Bruno a caressé du bout des doigts le bras d'Alice. Ils ont échangé un sourire où transparaissait leur bonheur de s'être rencontrés. On lisait dans leurs yeux que l'amour pouvait être plus fort

que le temps. Plus fort que la vie. Plus fort que la mort. Plus fort que tout.

Alice et Ninon bavardaient dans la cuisine dont la porte ouverte projetait sur la terrasse un rectangle de lumière jaune.

— Elle est formidable !

L'enthousiasme de Bruno a fait craindre à Paul l'échange qui allait suivre.

— Intelligente, agréable, sensible, jolie, élégante, Ninon a tout pour elle et toi tu as beaucoup de chance !

Paul, après ces mots, aurait voulu se boucher les oreilles.

— Toujours cette attirance pour les maigres ! dit encore Bruno en se rappelant Chiara dont l'image, comme un feu follet, a dansé un instant entre les deux amis avant de se fondre dans la nuit.

— Tu peux parler ! répliqua Paul d'une voix faussement enjouée.

— Vous formez un beau couple et on devine entre vous une grande complicité.

Bruno était-il sérieux ? Lui aussi avait trop bu et sous l'effet de l'alcool peut-être disait-il n'importe quoi. Il paraissait lucide, cependant, et il n'y avait dans son regard aucune ironie. Alors, lui qui connaissait Paul mieux que personne, lui qui d'habitude avait un flair infaillible, comment pouvait-il se tromper à ce point ? Comment pouvait-il n'avoir

rien deviné ? Paul et Ninon donnaient-ils si bien le change ?

— Si tu te voyais ! dit-il en riant. Tu la dévores des yeux !

Il a vidé d'un trait son verre de rapsani.

— Quand l'as-tu rencontrée ?

— Le 21 juin.

— Tu n'as pas perdu de temps !

Bruno, malgré lui, ne pouvait s'empêcher de penser à l'alliance qu'il avait vue au doigt de Ninon.

— Je suis content que tu aies à nouveau quelqu'un dans ta vie. Content et soulagé.

Bruno s'était inquiété pour Paul après sa séparation d'avec Chiara et deux ou trois fois il avait sauté dans l'Eurostar pour aller lui remonter le moral.

— Même si ton histoire avec Ninon ne fait que commencer, dit-il, je te souhaite d'être aussi heureux avec elle que je le suis avec Alice. Une telle entente, c'est un don du ciel.

Une rumeur, au loin, parcourait la ville. La rumeur qui précédait la fête.

— Sans les femmes, nous ne sommes que de pauvres types sans repères, sans rêves et sans espoir.

Paul n'en était pas si sûr.

La conversation, à son soulagement, s'est épuisée. Tandis que Bruno fouillait la nuit de ses yeux de myope, les rires des enfants qui regardaient la fin des *Aristochats* fusaient dans le salon. Alice et Ninon continuaient à discuter en ouvrant des placards et quand l'une d'elles s'approchait de la porte

de la cuisine son ombre se découpait sur le rectangle de lumière jaune. Elles plaisantaient. Elles riaient. Elles parlaient. Leur complicité était évidente. En d'autres circonstances, sans doute auraient-elles pu devenir amies.

Ninon est sortie de la cuisine, les bras chargés d'un plateau où elle avait disposé une cafetière, des tasses et un sucrier. Alice la suivait avec une bouteille d'ouzo et quatre verres. Bruno a profité de ce qu'elles revenaient pour faire un aller et retour dans la maison.

— Regarde, dit-il après avoir allumé l'ordinateur qu'il venait de poser sur la table. Elles ont été prises en juillet.

Paul a eu un coup au cœur en découvrant les photos que son ami faisait défiler sur l'écran.

Philippe et Charlotte, les parents de Bruno, dont il avait conservé l'image d'un couple exceptionnel, étaient là, devant lui, silhouettes fragiles coiffées de chapeaux. Installés sous le mûrier, ils ressemblaient à deux pensionnaires d'une maison de retraite qui attendent quelque chose ou quelqu'un qui ne viendra plus. Les clichés suivants les montraient à la terrasse d'un restaurant, sur une plage, ou dans les ruelles de Parikia. Paul était bouleversé de découvrir une réalité qu'il aurait préféré ignorer pour garder ses souvenirs intacts. Bruno, à l'affût de ses réactions, percevait-il son malaise ?

Un portrait de Charlotte était saisissant. Les che-

veux blancs coupés court et les yeux toujours aussi bleus, elle souriait à l'objectif comme une enfant contente de son sort. Où était-elle, la femme blonde et fraîche d'autrefois ? Un jour où il se trouvait seul avec elle dans la rue, Paul, en voyant les hommes se retourner sur Charlotte, avait éprouvé de la fierté à l'idée qu'ils pussent la prendre pour sa mère. Hier rayonnante, elle était aujourd'hui méconnaissable. Quand sa jeunesse s'était-elle envolée ? Quand les choses avaient-elles basculé ? Ces questions tournaient dans la tête de Paul en même temps qu'il essayait de retrouver derrière le visage fané, où les rides dessinaient un lacis inextricable, celui, éclatant, qu'il avait vu pour la première fois devant le lycée Montaigne.

Jadis athlétique, Philippe avait rétréci et sa manière étrange, sur toutes les images, de regarder ailleurs – là où il aurait aimé se trouver plutôt que devant un appareil photo – lui donnait l'air absent au monde et à lui-même. Pour faire illusion, même si ce subterfuge ne trompait personne, il teignait désormais ses cheveux qui sous le soleil avaient un reflet roux – à la tristesse de Paul s'ajoutait la déception.

Alors que les photos continuaient à défiler sur l'écran, des souvenirs de Philippe et Charlotte, plus jeunes qu'il ne l'était maintenant, refaisaient surface. Philippe, à cheval, en forêt de Fontainebleau. La silhouette de Charlotte quand elle traversait l'appartement, rue de Savoie. Les quintes de toux de

Philippe en fumant ses cigares. Charlotte, dans le Midi, en train de lire *Fermina Márquez*, de Valery Larbaud. Les pitreries de Philippe, au ping-pong, pour déconcentrer ses adversaires. Le sourire fatigué de Charlotte au retour d'un dîner chez des amis. L'émotion de Philippe en écoutant le *Gloria*, d'Antonio Vivaldi. Les hésitations de Charlotte au restaurant. La main de Philippe sur les fesses de Charlotte un soir où il se croyait seul avec elle. Le baiser de Charlotte à Bruno pour le féliciter de sa mention au baccalauréat. La tête de Philippe devant une photo d'Audrey Hepburn. Charlotte occupée à décorer un sapin de Noël. Le bonheur de Philippe et Charlotte le jour du mariage d'Alice et Bruno…

Ainsi se succédaient dans la tête de Paul des scènes qui attisaient ses regrets de ne pas avoir revu les parents de Bruno depuis des années. C'étaient autant d'occasions de rire dont il s'était privé à jamais.

— Ils n'ont pas changé, balbutia-t-il après que son ami eut éteint l'ordinateur.

Aussitôt Paul s'en est voulu de ce mensonge que Bruno a fait semblant de croire et il a trempé ses lèvres dans le verre d'ouzo qu'on venait de lui servir. La lumière du photophore animait les visages autour de lui. Ces visages – et le sien –, quels seraient-ils dans trente ans quand viendrait le moment d'affronter le déclin puis la mort ? Comme pour chasser l'image de Charlotte avec ses rides et ses cheveux blancs, une fois encore il se l'est rappe-

lée descendant de sa voiture et longeant avec Bruno le trottoir de la rue Auguste-Comte.

Les années suivantes, à Paris et dans le Midi, Paul était souvent monté dans ce cabriolet 304 gris métallisé dont il revoyait le volant à trois branches orné du Lion Peugeot, le levier de vitesse, le tableau de bord en bois où étaient encastrés le cendrier, l'horloge miniature et la radio, et les essuie-glaces rabattus à gauche du pare-brise. De même il se souvenait de l'habitacle tapissé des contraventions – jamais payées – que valait à Charlotte son habitude de se garer n'importe où. Comme son mari, elle portait, pour conduire, des mitaines en cuir d'où sortaient ses longs doigts aux ongles vernis. Lorsqu'il faisait beau, elle mettait un foulard et des lunettes noires et elle abaissait la capote. Paul aimait, alors, s'asseoir sur la banquette arrière pour contempler au-dessus des arbres les façades des immeubles sur les avenues. Plus tard, Bruno avait lui aussi conduit cette voiture. Et ensuite, qu'était-elle devenue ?

— Mes parents l'ont vendue, dit-il après que Paul lui eut posé la question. Elle était déjà vieille quand nous nous sommes rencontrés, toi et moi.

6 AAA 75. Où se trouvait-elle, aujourd'hui, cette 304 dont Paul se répétait mentalement le numéro d'immatriculation ? Roulait-elle quelque part en province ? Était-elle entre les mains d'un collectionneur ? Ou, épave privée de ses sièges, de son moteur et de ses phares, avait-elle échoué dans une casse de

la région parisienne ? Paul aimait parfois les questions sans réponse.

— Dommage. Ce cabriolet aurait été idéal, à Paros.

Il y a eu un silence autour de la table, puis Bruno, comme s'il voulait ramener Paul dans le présent, a évoqué ses séjours en Irlande avec Alice pour pêcher la truite et le saumon.

— L'agitation à Londres est fatigante, dit-il, et ces week-ends en pleine nature sont tonifiants.

— J'adorerais découvrir le Connemara.

À sa manière de le regarder, on aurait pu croire que Ninon proposait à Paul de partir « en amoureux » pour l'Irlande comme elle lui avait proposé de partir pour la Grèce ou l'Italie.

Bruno enveloppait son ami d'un sourire affectueux.

— Ça t'amuserait, demanda-t-il, de plonger ? Je connais, dans les environs, des endroits fantastiques !

Adolescents, ils passaient des après-midi à explorer les grottes sous-marines qui leur laissaient entrevoir un monde merveilleux.

— Il y a si longtemps que je n'ai pas plongé…

— Justement, c'est l'occasion !

Paul ne voulait pas gâcher l'enthousiasme de son ami.

— Si tu me fournis l'équipement, dit-il, pourquoi pas !

— Ce jour-là, proposa Alice, nous pourrions

nous baigner tous ensemble et pique-niquer dans une crique !

Bruno a fait un nouvel aller et retour dans la maison.

— Et voilà ! s'exclama-t-il en sortant d'un sac en caoutchouc un masque, des palmes et un tuba.

— Tu n'invites pas Ninon à vous accompagner ? s'étonna Alice.

— Si elle le souhaite, répondit son mari, j'ai tout ce qu'il faut pour elle également !

— Je vous remercie, s'excusa la jeune femme, mais je n'y tiens pas.

Après avoir réglé la sangle, Paul a enfilé le masque, et, son verre d'ouzo à la main, il a pris la pose pour amuser ses amis.

— Quelle horreur ! s'écria Alice. On dirait une mouche !

L'éclat de rire de Ninon, même s'il ne signifiait rien, était pour Paul une récompense.

Les enfants avaient fini de regarder *Les Aristochats*. Duchesse et O'Malley s'aimaient pour l'éternité. L'heure du feu d'artifice approchait.

Le grincement de la cuillère dans la tasse se mêlait au chant des cigales.

— Déjà prête ! s'étonna Paul en découvrant Ninon douchée et habillée. Tu es matinale !

— J'ai une course à faire, rappela-t-elle. Et il est bientôt 10 heures.

Il a contourné la table, où étaient posées la cafetière et une tasse propre, et il s'est assis dos au jardin pour se protéger de la lumière.

— Tu as bien dormi ? demanda-t-il en remplissant la tasse.

— Comment veux-tu après cette fin de soirée ?

Elle avait les traits tirés, en effet, et ses cernes étaient plus profonds.

Elle dormait pourtant quand il s'était levé pour boire un verre d'eau. Le jour pénétrait dans la chambre – ils avaient oublié de fermer les volets avant d'éteindre – et en sortant de la salle de bains il s'était assis au bord du lit pour la contempler dans son sommeil. Couchée en chien de fusil, elle avait rabattu le drap à ses pieds et sa che-

mise de nuit remontée jusqu'en haut de sa cuisse laissait deviner le galbe de sa fesse. Doucement il avait avancé sa main pour lui caresser la cheville et jamais, depuis leur verre sur la péniche avant qu'elle ne parte pour Porquerolles, il ne s'était senti aussi proche d'elle. Une fois encore, l'enfant, dans l'hôtel, avait pleuré.

Un mégot traînait dans le cendrier. Ninon vérifiait si ses cheveux étaient secs. Paul percevait derrière lui la chaleur du soleil. Comme s'ils savaient déjà que c'était le dernier matin à Paros, ils regardaient autour d'eux avec une attention particulière.

Hier soir, les lampes brillaient sous la pergola et la terrasse flottait dans l'obscurité végétale comme un navire dans la nuit océane. Installé sur la banquette, Paul fixait avec un sentiment de vide le mur que formaient devant lui les bambous. Au-delà du jardin, le silence recouvrait la ville et les échos du feu d'artifice n'étaient plus qu'un lointain souvenir.

Trois heures plus tôt, une foule joyeuse avait envahi le port et telle une marée montante elle menaçait les îlots lumineux que formaient les étals des marchands ambulants. L'assistance, à quelques minutes du spectacle, était de plus en plus bruyante et tous les regards scrutaient les eaux du bassin où les fusées seraient tirées depuis un canot.

Brusquement une détonation retentit et une gerbe rose, bleu et jaune illumina le ciel sous les applaudissements. D'autres gerbes suivirent, qui

représentaient un cœur, un soleil ou une fleur, de toutes les couleurs.

— Quand je te disais, cria Ninon, que nous verrions ensemble d'autres feux d'artifice !

Le bruit des explosions la faisait sursauter.

— On croirait entendre des bombes ! remarqua-t-elle en se blottissant contre Paul.

À côté d'eux, Flore et Arthur, juchés sur les épaules de leurs parents, levaient la tête avec émerveillement.

À l'issue du bouquet final, où une pluie d'étoiles dorées s'était abattue dans la mer, Paul invita tout le monde à prendre un dernier verre.

Après qu'Alice et Bruno furent rentrés coucher leurs enfants, Paul et Ninon s'attardèrent à l'Evinos. Sur le quai, en contrebas, des hommes en costume traditionnel dansaient le sirtaki sur une estrade. Autour d'eux, les spectateurs, entraînés par le rythme de la musique, chantaient et tapaient dans leurs mains.

— Tes amis sont charmants, déclara Ninon au moment où le serveur apportait deux autres verres de raki.

— Je suis heureux qu'ils te plaisent, répondit Paul.

Ils trinquèrent en se regardant au fond des yeux comme si les vacances tenaient toutes leurs promesses.

— C'est émouvant, ajouta la jeune femme, de voir combien ils t'aiment.

— Ça me change…

Paul n'avait pas résisté à cette réplique que Ninon, par lassitude, ignora.

Là-bas les musiciens continuaient à jouer, et les spectateurs, qui avaient remplacé sur l'estrade les danseurs de sirtaki, improvisaient bras dessus bras dessous des figures insolites.

Bientôt Paul fut troublé de voir sur le visage de Ninon la même douceur qu'à Paris et il approcha ses lèvres de son oreille.

D'abord hésitante, elle pencha la tête pour lui offrir son cou. Soulevant son chignon à moitié défait, il s'aventura sur sa nuque dont les petits cheveux soyeux exaspéraient son désir. Lorsqu'il voulut l'embrasser, elle étouffa un cri et recula sa chaise.

— Pourquoi insistes-tu puisque je n'en ai pas envie ?

Ses yeux verts, sous l'effet de la colère, étaient ceux d'un crocodile.

— Comment dois-je te le dire pour que tu comprennes ?

L'espoir de Paul retomba d'un coup.

Déjà debout, il s'empara du sac de plongée que lui avait confié Bruno et dévala l'escalier sans se retourner. Malgré l'heure tardive, il y avait toujours autant de monde dehors. Pressé d'échapper à cette ambiance de fête qui le renvoyait à son chagrin il se faufila au milieu des touristes et peu lui importait que Ninon le suive, se perde ou disparaisse.

Elle le rattrapa au bout du quai et s'accrocha à son bras pour l'obliger à s'arrêter.

— Qu'est-ce qui t'arrive ? demanda-t-elle en reprenant sa respiration.

Il la toisa avec un sourire mauvais.

— C'est fini, lâcha-t-il. Je n'en peux plus de toi.

— Pardonne-moi pour tout à l'heure, dit Ninon en sortant de la chambre où elle avait ôté ses ballerines. Je ne voulais pas te blesser, mais cette situation est impossible. Aujourd'hui encore, sur la plage, je me sentais tellement coupable devant ton attente que je ne pouvais satisfaire.

— Qu'espérais-tu en venant ici ? aboya Paul. Que mes sentiments, comme les tiens, auraient « changé » ? Désolé ! J'étais amoureux de toi à Paris et je le suis à Paros !

Elle s'assit à côté de lui sur la banquette et l'enlaça tendrement.

— Quand tu dis « amoureux », souffla-t-elle en approchant son visage tout près du sien, peut-être te trompes-tu…

Il se dégagea brutalement.

— Arrête de me prendre pour un imbécile ! Je connais encore le sens des mots que j'utilise !

La soirée chez Adèle et Félix. La promenade qui avait suivi. La première fois où ils avaient fait l'amour… Les souvenirs défilaient dans la tête de Ninon.

— Tout est allé trop vite entre nous, dit-elle

comme si elle cherchait une excuse. Ce n'était pas normal.

— Je ne te plais plus ? demanda Paul pour qui le revirement de la jeune femme resterait toujours un mystère.

— Tu me plais, mais je n'ai plus de désir pour toi.

Elle baissa la tête et dans les lumières de la terrasse il crut voir briller une larme au coin de son œil.

— À quoi penses-tu ?

— À mon fils que j'ai l'impression d'avoir délaissé. À son père que j'ai l'impression d'avoir abusé. Je me demande comment ils vont.

« Cette histoire avec Paul, songea-t-elle encore, m'a permis de retrouver Thaddée ; le bonheur avec Thaddée. Rien que pour cela, elle valait d'être vécue. »

Et déjà elle rêvait d'un autre enfant.

Une chauve-souris grinçait dans la nuit. Les serviettes séchaient sur un fil. Alice et Bruno dormaient depuis longtemps.

— Contrairement à ce que j'imaginais, je ne vais pas déménager à la rentrée !

Ninon, décidément, ne pensait qu'à elle.

— Très heureux pour toi ! cingla Paul devant ce trait d'humour déplacé. La vie continue ! Tout va pour le mieux dans le meilleur des mondes !

Elle libéra ses cheveux et secoua la tête.

— Vouloir profiter de notre séjour était une

erreur, reconnut-elle. En restant ici, nous allons finir par nous haïr.

— Alors ?

— Demain matin, si tu es d'accord, j'irai changer nos billets.

— Je suis d'accord.

Ninon sortit de la poche de sa chemise son briquet et une cigarette. Était-ce la perspective de rentrer à Paris qui la rendait heureuse ? Jamais Paul n'avait paru plus sinistre.

— Ne fais pas cette tête ! Tout cela n'est pas si grave !

Elle tirait sur sa Pall Mall et une lumière orange éclairait son visage.

— Nous avons eu la chance de nous rencontrer et désormais nous allons être amis. N'est-ce pas merveilleux ?

Ninon était-elle inconsciente, folle ou stupide ?

— Jamais nous ne serons amis ! assura Paul. Jamais je ne te reverrai !

Sa décision le surprit lui-même, comme la tristesse sur le visage de la jeune femme.

Les yeux fixés sur son alliance, il pensa à tout ce qu'ils ne feraient pas ensemble. Organiser des fêtes pour leurs anniversaires. Acheter des cadeaux de Noël. Accepter des week-ends à la campagne. Manger des huîtres sur le port de Granville. Revoir les films de Billy Wilder. Se donner des rendez-vous secrets. Faire la grasse matinée. Marcher à l'aube dans Venise. Décorer un appartement. Regar-

der leurs enfants grandir. Se promener avec eux au bord de la mer. Assister à des concerts. Rire à des mariages. Pleurer à des enterrements. Se surprendre. Se disputer. Se réconcilier… Comment la vie avec Ninon aurait-elle pu manquer d'éclat ?

— Cette île me fait horreur ! J'espère que nous pourrons la quitter au plus vite !

— Demain matin, j'irai changer nos billets. Maintenant viens te coucher, il est tard.

Paul n'avait pas sommeil. Seulement hâte de partir.

— À tout de suite.

Ses lunettes noires sur le nez et son sac sur l'épaule, où elle venait de glisser les billets et les passeports, Ninon a traversé le jardin. Après qu'elle a disparu, Paul est entré dans la chambre. Il a remarqué, sur le bureau, *Le Bel Été* qu'il a feuilleté machinalement. Un rameau d'olivier trouvé au retour de la plage, le premier jour, tenait lieu de signet, et les doigts de Ninon enduits d'Ambre solaire avaient imprimé sur quelques pages des taches translucides.

« *Le Bel Été !* se dit-il en reposant le livre. Tu parles d'un bel été ! C'est plutôt *L'Été dangereux* ! »

Outre le roman de Pavese, tout, dans la pièce, ramenait Paul à Ninon. Son short abandonné au pied du lit. Sa chemise rouge posée sur le dossier du fauteuil. Ses ballerines alignées sur les tomettes. Et, laissée en évidence, la trousse où elle rangeait

ses bijoux. Tandis qu'il retournait entre ses doigts les bagues et les colliers, il voyait ressurgir des moments de bonheur qui, comme *L'Heure bleue*, auraient longtemps pour lui un parfum d'amertume. Il a eu la gorge serrée quand son regard s'est arrêté sur le sac qu'il avait rempli avec tellement d'impatience avant-hier matin. Revenu sur la terrasse Paul a ouvert *Paris est une fête*, avant d'interrompre sa lecture pour observer les ombres que le soleil projetait sur le carrelage. Sous l'effet du vent, elles s'animaient et rampaient jusque sur le mur pendant qu'un lézard s'aventurait entre les chaises.

« On dirait qu'il joue à “Un, deux, trois, soleil”, songea Paul en voyant le reptile évoluer par à-coups.

10 h 55. Ninon était partie depuis trois quarts d'heure. Rentrer en France était-il si compliqué ? Malgré sa volonté de fuir Paros, et en dépit de ce qu'il avait annoncé hier soir, Paul, qui redoutait soudain le moment où il quitterait Ninon pour toujours, a espéré un instant qu'elle ne pourrait pas changer les billets. La raison reprenant le dessus, il a balayé de son esprit cette chimère. Une branche a craqué dans les feuillages. Le lézard s'est refugié sous une pierre. Les ombres dansaient sur le carrelage. Paul est retourné prendre son iPhone dans la chambre.

Les yeux rivés sur l'écran de son portable comme s'il regardait dans la lunette d'un fusil, il ne traquait ni une antilope ni un sanglier, mais une proie

immatérielle ; une proie qui pouvait s'effacer aussi vite qu'elle était apparue. Alors qu'il n'avait pas pris de photos depuis longtemps, il retrouvait le plaisir de cadrer pour intégrer dans une même image les ombres des plantes, un papillon, le lézard revenu entre les chaises, les ombres des serviettes, et son propre reflet dans une vitre. Il se déplaçait sur la terrasse et multipliait les clichés sans même y jeter un coup d'œil. À son retour seulement, quand il serait sorti de ce cauchemar, Paul, tels les touristes qui une fois rentrés chez eux refont le voyage devant leurs photos, découvrirait ces images.

Il a abandonné les ombres pour se promener dans le jardin. Le mimosa réveillait le souvenir d'une pelouse que sillonnaient les robes à fleurs de trois fillettes – le négatif dormait quelque part dans un tiroir. Déjà attiré par les images, Paul, avant de s'intéresser au cinéma et d'acheter sa première caméra, avait reçu de ses parents, pour son treizième anniversaire, un Canonet 28. En même temps qu'il immortalisait des êtres et des lieux qui lui étaient chers, il collectionnait les photos incompréhensibles pour qui d'autre que lui se serait penché dessus. Les gants de sa mère jetés sur une commode au retour d'un baptême. Une horloge privée de sa grande aiguille. Un mur du salon, à Jullouville, dont il aimait la couleur au crépuscule. Le carré d'herbe sous lequel Olive, un matin d'été, avait rejoint Popeye. Le compteur de vitesse sur le guidon de sa bicyclette. Des taches de sang sur un

parquet après qu'il s'était entaillé le doigt. Un panneau de signalisation à la cale à bateaux... Tous ses clichés reposaient aujourd'hui dans des cartons que Paul, par sagesse – il en avait eu la confirmation avec les images des parents de Bruno –, se refusait à ouvrir.

Cependant il aurait aimé revoir les photos qu'il avait faites, en décembre 1984, sur une route de Bourgogne. Il neigeait à gros flocons et son père, emmitouflé dans une canadienne, conduisait doucement pour ne pas verser dans le fossé. Assis à côté de lui, Paul photographiait son visage de profil, ses mains sur le volant, les signaux lumineux sur le tableau de bord, et la chaussée gelée où se reflétaient les phares des voitures qui roulaient en sens inverse. Excepté le bruit des essuie-glaces sur le pare-brise, tout était silencieux dans ce désert blanc. Bien sûr il avait neigé depuis cet après-midi-là, mais elle lui manquait, la neige de 1984, qu'il ne reverrait jamais que sur des images.

Le bourdonnement d'une abeille a attiré son attention et une fois encore il a consulté sa montre. 11 h 45. Où était passée Ninon ? Elle ne pouvait avoir eu un accident de scooter puisque la clef était dans la chambre. Il a profité d'avoir son iPhone à la main pour l'appeler. Il est tombé sur la messagerie. Il a fait une nouvelle tentative. En vain. Les minutes s'écoulaient et déjà il échafaudait un scénario dans sa tête. En plus des passeports et des billets, elle avait glissé dans son sac sa carte de crédit. Il lui

était donc facile de quitter la Grèce en abandonnant derrière elle ses affaires. Paul, pour dominer son angoisse qui venait encore de monter d'un cran, s'est à nouveau intéressé aux ombres. Alors qu'après avoir composé l'image parfaite il s'apprêtait à faire sa plus belle photo, comme un enfant lassé d'un jouet il a posé son téléphone sur la table. Maintenant, il en était sûr : Ninon ne reviendrait plus et se cacherait jusqu'au départ du prochain bateau pour Le Pirée.

— Désolée pour le retard. Ça a été plus long que je ne pensais.

Elle était essoufflée et la sueur mouillait son front. Elle s'est débarrassée de son sac et s'est assise sur la même chaise que tout à l'heure. Étonné de revoir Ninon, Paul la surveillait comme si elle allait à nouveau disparaître d'un instant à l'autre.

— Tout est arrangé, dit-elle. Embarquement ce soir à 2 heures et arrivée au Pirée à 6 heures. Décollage d'Athènes à 12 h 30 et atterrissage à Paris à 15 heures.

Elle essuyait son front avec le dos de sa main.

— J'ai prévenu l'hôtel. On réglera la note en rendant la clef. Quant au scooter, on peut le rapporter jusqu'à 21 heures.

Il y avait beaucoup de choses dans le silence qui a suivi. L'éblouissement d'une rencontre. La force du désir. L'amour l'après-midi. Des baisers. Des rires. Des appels. Un rêve. Une île. Un soleil brûlant. Une

mer turquoise. Des sentiments évanouis. La déception. La gêne. Le chagrin… Oui, dans ce silence qu'aucun d'eux n'osait rompre, il y avait toute une histoire.

Une histoire sur le point de se finir.

Accoudés au bastingage sur une passerelle qui dominait le pont, ils admiraient le paysage en mouvement. Attentive à la houle, Ninon souriait lorsqu'une lame déséquilibrait le bateau. Insensible au roulis, Paul considérait le yacht bleu marine, aux chromes rutilants, qui s'apprêtait à croiser leur route.

À côté d'eux, quatre garçons torse nu buvaient de la bière entre deux éclats de rire. D'où venaient-ils avec leurs cheveux blonds et leurs muscles saillants ? De Scandinavie ? D'Allemagne ? De Russie ? Ils avaient une vingtaine d'années et l'assurance de la jeunesse. En les voyant jeter leurs cigarettes dans l'eau, Ninon, dégoûtée, a haussé les épaules.

Les collines d'Antiparos avaient une couleur d'herbe séchée. Les maisons blanches de Glyfa somnolaient dans l'été.

Des empreintes de pieds esquissaient un chemin sur la langue de sable qui prolongeait la plage. À son extrémité, des rochers ocre, qu'une tempête

semblait avoir inclinés, formaient une barrière en dents de scie. Le vent traçait à la surface de la mer, d'une écriture rapide et scintillante, un message indéchiffrable.

Paul, en se retournant, a aperçu devant un buisson Ninon qui téléphonait. Que disait-elle à son mari qu'elle envisageait de quitter il y a trois semaines ? Qu'elle l'aimait ? Qu'il lui manquait ? Qu'elle écourtait ses vacances pour lui ? Pour le bonheur de le retrouver ?

— Je te serre fort sur mon cœur.

À lui aussi, chuchotait-elle ces mots ?

Demain soir, pour fêter son retour, sans doute l'emmènerait-il dîner à La Rotonde ou ailleurs, puis feraient-ils l'amour.

Le portable à l'oreille et les cheveux au vent, elle allait et venait sur le rivage sans crainte d'être vue. Tout à l'heure, en descendant chercher le scooter, elle s'était soudain arrêtée en chemin pour serrer Paul dans ses bras.

— Ne m'en veux pas, avait-elle répété. J'ai été amoureuse de toi, mais je ne le suis plus. Je n'y peux rien. C'est comme ça. Pardonne-moi.

Leur étreinte n'avait duré qu'un instant, mais au contact de son corps souple et tiède il avait éprouvé un sentiment violent où se mêlaient la peur et le désir.

La conversation se prolongeait. Un homme et un enfant attendaient la jeune femme. Comment avait-il pu croire qu'elle abandonnerait tout pour

lui ? Comment avait-il pu croire à cette histoire ? Tandis que Ninon reprenait le cours de sa vie, Paul ne pouvait s'empêcher de penser qu'elle s'était offert une incartade comme on cède à un caprice.

Le soleil dessinait au fond de la mer les mailles dorées d'un filet géant. Le sable, les cailloux, les algues, les rochers, éclairés d'une lumière verdâtre, donnaient à Paul l'impression de survoler une planète inconnue. À mesure qu'il s'éloignait du rivage il prenait de l'altitude, et après une forêt, une plaine ou un désert, d'où s'élevaient des colonnes de bulles étincelantes, il voyait surgir une chaîne de montagnes à côté de laquelle un gouffre s'enfonçait dans les ténèbres. Ici et là, des escadrilles de poissons argentés effectuaient un vol de reconnaissance qu'il perturbait en allongeant les bras. Quand il plongeait pour inspecter un détail, aussitôt qu'il grattait le sable l'eau se troublait et tout devenait fantomatique.

Paul se dirigeait vers l'horizon en pensant à Bruno. À leurs sorties en Méditerranée. Au plaisir qu'il aurait eu à l'accompagner. À sa déception quand il lui avait annoncé son retour à Paris à cause d'un problème avec le film.

— Ce n'est pas de chance, avait-il murmuré. Pour une fois que tu venais nous voir à Paros…

Attiré par des anémones au pied d'un rocher, une fois encore Paul a plongé. Loin sous l'eau, la clarté s'atténuait comme une nuit qui tombe et entoure de mystère les formes qu'elle recouvre. Après avoir basculé sur le dos pour regarder briller au-dessus de lui la surface de la mer derrière laquelle il devinait le ciel bleu, il a vu apparaître en ombre chinoise la silhouette de Ninon. Seule dans l'immensité, elle nageait avec un mouvement régulier des bras et des jambes. Un jour, dans le jardin des Tuileries, il avait eu la certitude qu'elle était la femme de sa vie. Ce souvenir, brusquement, lui donnait l'envie de pleurer.

Toute ma gratitude à
Laura Benson,
Jean-Claude et Maryvonne Guillon,
Didier Le Fur,
Nicolas et Sylvie Raboud,
Tatiana de Rosnay.

À Héloïse d'Ormesson
et à toute l'équipe d'EHO.

DU MÊME AUTEUR :

Aux Éditions Héloïse d'Ormesson

*Tableau de chasse*, 2015.

Aux Éditions Plon

*Hit-Parade*, 2007.
*Près du corps*, 2005.
*Daisy, printemps 69*, 1998.

Aux Éditions Arléa

*15 août*, 2002.
*Écume Palace*, 2000.

Aux Éditions Gallimard

(en collaboration avec Frédéric Badré)
*Tous comptes faits*, entretiens avec Pierre Moinot, 1997.
*Mauvais genre*, entretiens avec François Nourissier, Folio, 1996.

PAPIER À BASE DE FIBRES CERTIFIÉES

Le Livre de Poche s'engage pour l'environnement en réduisant l'empreinte carbone de ses livres. Celle de cet exemplaire est de :
250 g éq. $CO_2$
Rendez-vous sur www.livredepoche-durable.fr

Composition réalisée par MAURY IMPRIMEUR

Achevé d'imprimer en décembre 2018, en France sur Presse Offset par
Maury Imprimeur – 45330 Malesherbes
N° d'imprimeur : 232197
Dépôt légal 1re publication : décembre 2018
LIBRAIRIE GÉNÉRALE FRANÇAISE – 21, rue du Montparnasse – 75298 Paris Cedex 06